U0682980

最是诗经慰人心

李蕾－著

上海文化出版
SHANGHAI CULTURE PUBLISHING H

果麦文化 出品

目录

·十五国风地理位置图

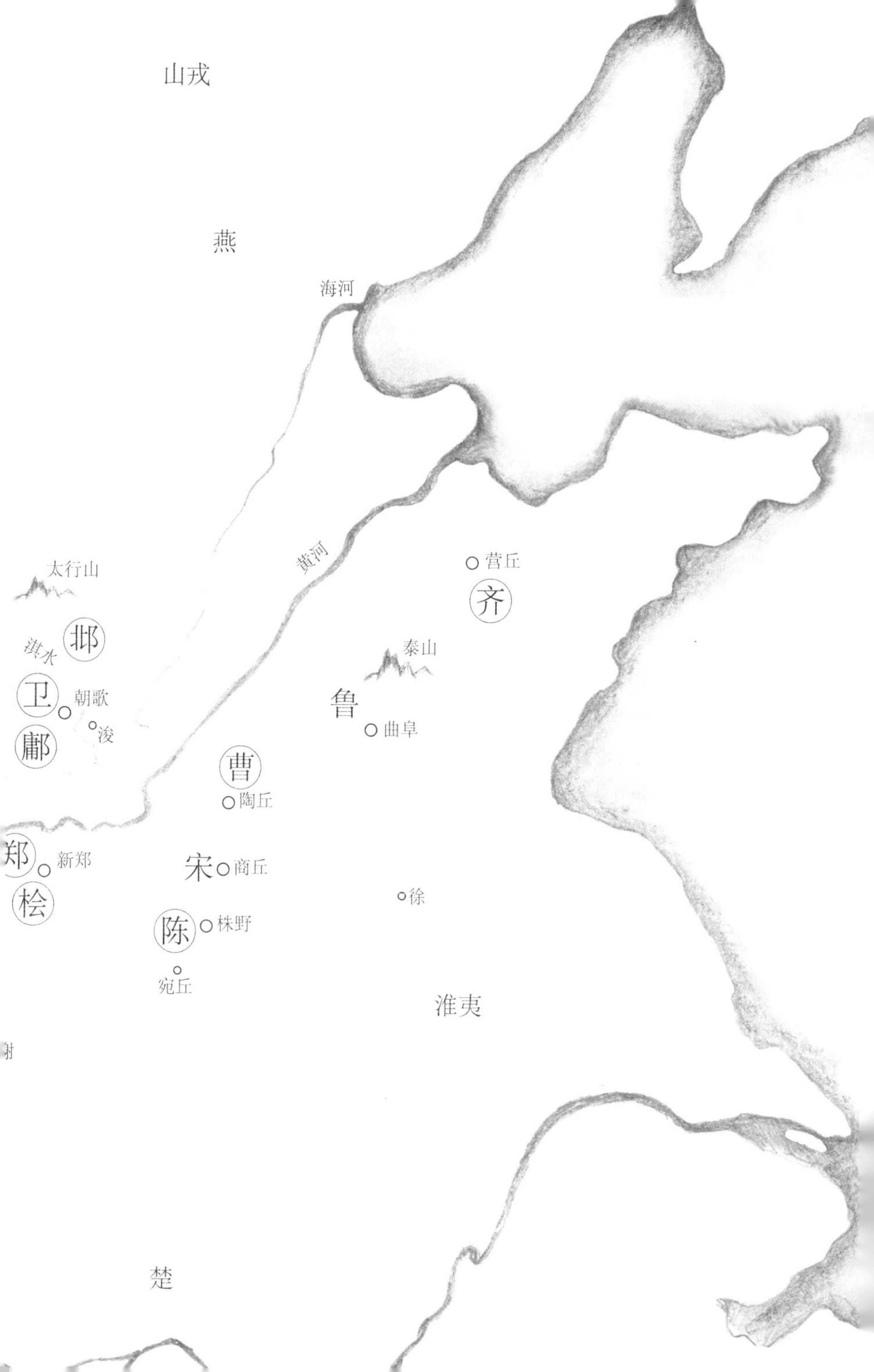

山戎
燕
海河
黄河
太行山
邶
淇水
卫
朝歌
浚
鄘
营丘
齐
泰山
鲁
曲阜
曹
陶丘
郑
新郑
桧
宋
商丘
徐
陈
株野
宛丘
淮夷
楚

○参差荇菜　左右采之　窈窕淑女　琴瑟友之

○参差荇菜　左右芼(mào)之　窈窕淑女　钟鼓乐(lè)之

关雎

○关关雎(jū)鸠(jiū)　在河之洲　窈(yǎo)窕(tiǎo)淑女　君子好(hǎo)逑(qiú)

○参(cēn)差(cī)荇(xìng)菜　左右流之　窈窕淑女　寤(wù)寐(mèi)求之

○求之不得　寤寐思服　悠哉悠哉　辗转反侧

周南·关雎（上）

《诗经》第一篇叫作《关雎》，它属于《周南》。诗经有305篇，分别属于风、雅、颂三个不同的门类。风是各诸侯国的民歌、民调，有十五国风，即十五个地区的地方歌曲。这些地区集中分布在黄河流域，几乎不出今天的河南、河北、山东、山西、陕西这五个省的范围。其中，周南是指周公的封地，大致包括现在洛阳以南的一些地区。

《关雎》是《周南》的第一篇。第一段为：

关关雎鸠，在河之洲。

窈窕淑女，君子好逑。

此处的“好”，指般配的、喜欢的、应该追求的好伴侣。这是《关雎》中广为流传的名句，意为春光明媚，万物复苏，男孩子在河边听到雎鸠鸟“关关关”的鸣叫声。动物界雌雄在相鸣相和，人的心中便会有所感动。为何而感动呢？一是雎鸠鸟都夫唱妇随，彼此和睦；二是雎鸠这种水鸟，其实就是鱼鹰。它不是斑鸠，也不是鸳鸯。这种猛禽对配偶非常忠诚，而且相敬如宾。

也有人将雎鸠解读为大雁。有一次，诗人元好问在路边听到捕雁人谈话，说："今天我猎杀了一只大雁，它的配偶明明逃脱了，却又在空中哀鸣，不忍离去，盘旋几圈后就俯冲下来，撞死在爱人的身边。"元好问听了非常感动，随即向捕雁人买下了两只大雁的尸体，安葬在一起，筑了坟墓，并写下一首《雁丘词》。其中有一句我们非常熟悉，叫作"问世间情是何物，直教生死相许"。后来，这一句还被金庸引用到他的武侠小说里。

看到禽鸟都如此的深情和忠贞，男孩子便对感情有了深一层的理解。他想到自己作为一个立得直、行得正的君子，应该寻找一位窈窕淑女，作为自己的好配偶来共度此生。所以第一句写的就是一个男孩子追求女孩子的过程，但是写得很妙，第一个妙处就在于用了"兴"的手法。

《诗经》中主要有三种表现手法，叫作"赋、比、兴"。"赋"就是直陈其事，有什么说什么，比如小学生写作文："我同桌有一双亮晶晶的大眼睛，他穿着某颜色的衣服，对我一笑，脸上有个酒窝。"这个就是"赋"。"比"也很容易理解，就是比喻。"他的眼睛像黑葡萄一样""小兔子的红眼睛像红宝石"。这些就是"比"。"兴"就比较微妙了，它是先言他物，以引起所咏之字词。比如说梅、兰、竹，其实不是说这些植物，而是在说人的气节。

《诗经》里面的"兴"，大多数的情形下都是人被周围的自然环境所触动。比如下雨了，你心上便有个"秋"，引起的这个字叫“愁”。所以人说“离人心上秋”，就是看到下雨，心里面不知道为什么，就觉得闷闷的，不太开心，有一点莫名的惆怅，仿佛心上有一个秋天。这个触动很微妙，它是一种感觉，而不是思考的结果，所以非常感性和柔软，进而塑造了我们的心灵。这个它物和我们所咏之字词之间，往往存在一种隐秘、淡然、松散的联系，所以不至于太直白、太紧密，就像是高考作文里最难把握的那种感情，那种寓意，那种品位，那种《关雎》的心。

男孩子看到两只雎鸠鸟一唱一和，彼此跟从，就联想到自己也要追求一位能够相爱、相知的窈窕淑女，这就是感情的范本。这里所说的“窈窕淑女”，就是君子理想中的好姑娘。“窈窕”是什么意思呢？好多人说是苗条，腰很细，其实不是这样。我比较同意一种说法，这个“窈窕”指的是深藏不露的好姑娘。也就是说，姑娘要善良、端正，她不能随随便便地就同他人发生感情，又随随便便地把人抛弃，品性是最为重要的。所以在这里我们可以看出，所谓的“窈窕”，更注重的是内在美。那什么叫作“好逑”呢？有一个词很恰当，叫作“般配”，君子要配的是淑女。这就是“金花配银花，西葫芦配南瓜”。“好逑”指的是品德上的势均力敌。

参差荇菜，左右流之。

荇菜春天发芽，秋天成熟，是可以被采摘来食用的一种野菜。可见从春天的雎鸠和鸣，到秋天的参差荇菜，时间的跨度很大。这就表明，如果是一个君子，首先情感要专一，就像雎鸠鸟一样。

窈窕淑女，寤寐求之。

求之不得，寤寐思服。

悠哉悠哉，辗转反侧。

“寤寐”这个词，“寤”就是醒来，“寐”就是睡着。这句指的是：当我心里有了你，那么醒着、睡着、半梦半醒都是因为你，都想着要一心一意地奔赴你。我们能感觉到君子对淑女的感情不仅忠贞，而且非常热烈。日思夜想就会带来一些忧伤和惆怅，这样人心灵的深度就被拓展了，又因为一直没有追求到，便还隐含着一些手足无措。我太喜欢你了，不知道该怎么办才好，站着、坐着、醒着、睡着都觉得你要是在身边就好了——这种感情非常珍贵，因为它已经渗透到日常的生活中，成为跟一个人的生命切身相关的感情了。可是，这位君子虽然日思夜想着一位姑娘，但是最大的折磨就是折磨自己。他并不去毁坏别的东西，不去破坏别人的平静，打扰别人的感情。这里面有一个非常高贵的成分，叫作“克制”。这首诗后面针对“如果我追求到她了，那又怎么样呢？”展开叙述。

参差荇菜，左右采之。

窈窕淑女，琴瑟友之。

参差荇菜，左右芼之。

窈窕淑女，钟鼓乐之。

这种回环往复，就像歌曲的副歌部分，一遍遍地重复，就是歌曲的高潮。好像是在说："我既然这么喜欢你，我用什么表示我的亲近和友好呢？"君子所采用的方法就是音乐，所以艺术和美学特别重要。音乐慢慢地把两个人的距离拉近，拉近之后，彼此就会心意相通，而且有艺术性。那君子对心上人的爱慕之情和声乐之美，就达到了礼乐合一的状态。

可以看出，古人所尊崇的一种爱情，就是一个人一旦爱慕另外一个人，暴力不行，调侃不行，精神控制更不行，而是要用优雅且合乎礼节的方式来表达，最终呈现出温柔敦厚、礼乐和谐的伦理之音。

周南·关雎（下）

作为《诗经》里面的第一首诗，《关雎》讲述的就是一位君子应该怎么样追求淑女，才能与之度过美好的一生，即所谓“发乎于情，止乎于礼。”整个过程应该优美而有诗意。但是，如果把《关雎》和一般的爱情诗做个对比，你会发现它还是不一样的。

首先，《关雎》不是短暂的邂逅、朦胧的初恋或者一时的激情，它是明确指向婚姻的。也就是说，这个恋爱和追求是以结婚为目的。尤其是最后两章，在君子的想象中，他和心上人的相处，是“琴瑟友之”“钟鼓乐之”，充满了音乐的美感和人情的美感。这个场景当然是非常欢乐的。你看到非常般配的两个人，终于甜甜蜜蜜地在一起了，所有的人都去唱歌跳舞，听着音乐来祝福他们，真是一想到就快乐。这种情感上的联系和亲密，让两个人都能够有精神上的共鸣，牢牢地记住这个时刻，就是在往感情的银行里存钱。这样一来，在关键的时刻，你就能够抵挡得住冲击，这样才能够进入下一步，就是婚姻。

婚姻跟爱情是不同的，为什么婚姻在古人的心目中这么重要呢？因为婚姻中最关键的一个词，叫作“夫妻关系”。在古代，夫妻关系是所有社会关系中排名第一位的，所谓有夫妇，然后有父子，有父子，然后有君臣。在孔子的认知中，夫妇的关系应该排在父子和君臣的前面，这是非常重要的。这里面有一个深刻的道理——夫妻关系是其他社会关系的基础。婆媳关系、妯娌关系、连襟关系等，当然是非常重要的，这些千丝万缕的联系把整个家族紧密地团结在一起。但是，如果夫妻关系不稳定，那么其他的关系都会受到影响。所以夫妻关系是所有关系中最为核心的，它牢固，大家就都牢固；它不稳定，其他所有的社会关系都会受影响。

《关雎》提供的就是一个理想的夫妻关系，它叫作“婚姻的范式”。首先，关于雎鸠的叫声，“关关雎鸠”是叫了两声，就是一只雄鸟叫了一声“关”，另外一只雌鸟就会应和一声“关”，这叫“关关”，雌雄“一呼一应，和鸣而歌”。只是因为叫声短促紧密，“关关”才易被误以为是一只鸟连叫了两声。你叫了，我也听见了，然后我就回答了，这个过程就叫作沟通交流。这是非常美妙的默契，后面的“琴瑟”“钟鼓”，也全是与之呼应的。有琴就有瑟，有钟就有鼓，其所指就是古人所推崇的美好关系，是夫妻同心同德的一种状态。

女子采摘荇菜的动作，叫“流之”“采之”“芼之。”“芼”就是洗刷，它不仅有采摘的意思，也生动地展现出荇菜是非常柔软、飘忽不定的。人的感情也是这样，如果你不给他一些信心，不给他一些鼓励，不给他一些范式，那人是很善变的。这就和君子想象中对淑女追求而不得的状态是一致的，一会儿这样，一会儿那样，总在觉得自己是不安心的。这种辗转反侧、不得其法的状态，就会带来不一样的选择。有人能够坚守，有人却放弃了，还有人心猿意马。可是《关雎》告诉我们，君子的追求仍然是文雅的，淑女择偶应该是审慎和克制的。从春天到秋天，即便我们二人很少见面，即便我们的心意并没有被彼此感应到，我们也依然要坚持以礼相待，相互尊重。这就是说，婚姻的基础是好的爱情，但这种爱情也不一定要一触即发、轰轰烈烈，而是应该合理合规，文雅而克制，这才是古人眼中最为美好的婚姻关系。

为什么要强调婚姻，而不是强调爱情呢？为什么把婚姻放在首位，而不是把爱情放在首位呢？我们细读《关雎》就会发现，在古人的心目中，爱情很重要，只有学会爱自己、爱别人，一个人才能慢慢地成长起来，才能够理解更多的情感，共情别人的快乐和悲伤，这叫作健全的人格。有了健全的人格，又能够遇见心意相通的另一半，这才是美好的关系。而且在古代，生活的条件并不像现在那么便利和发达，人跟人之间的联系和彼此之间的依靠就显得特别重要。然而，个体的人往往是大家族的一个组成部分，我们在读《红楼梦》的时候，也会感受到这一点。能够正大光明拿出来讲的，其实是婚姻，而爱情如果不被父母允许，不被周围的人尊重，就变成了私情，往往要冒很大的风险。这就是大家族之间的关系，它把婚姻作为最牢固的纽带，将双方紧紧地捆绑在一起，往往一荣俱荣、一损俱损。所以古人对于夫妻关系是非常看重的，要追求一个女孩子，追求的是好的感情以及好的夫妇关系，这就叫作“琴瑟和鸣”，是一种理想状态。

当年孔子在修订《诗经》时，说：“《诗》三百，一言以蔽之。曰：思无邪。”这三个字真是非常美好，它就是一个干干净净、没有歪念、不走捷径的状态。在孔子看来，《关雎》就是“思无邪”的典范，把它放在《诗经》的第一篇，就是告诉我们,什么样的关系会让我们开启一段美好的人生。为了得到这样美好的人生，我们应该如何自律、如何成长、如何郑重其事地对待一份感情。

这样的人生显然也是孔子的理想，孔子对《关雎》的评价有八个字广为流传——“乐而不淫，哀而不伤”，这八个字对后来整个中华文化的发展有非常大的影响。为什么这么讲？就拿《关雎》来说，它是君子对淑女的追求，它强调的有这么几层意思：首先，君子应该是主动的，但君子不能蛮横，不能够大男子主义；第二，君子的情感是热烈的，但应该发乎情，止乎礼，不能给对方带来伤害，不能做不负责任的事；第三，君子追求不到的时候，依然毫无怨言，对淑女的态度也始终是尊崇的。虽然很忧伤，但这是一种淡淡的哀愁，而且始终能够在一种浪漫的想象中自我治愈，自我舒展，让爱自然地流淌。表达爱恋的时候谨慎又克制，化解惆怅的方式积极又乐观，这就是我们对君子的要求和期待。

所以现在常常说，我们要培养一位君子，所谓“君子如玉”，讲的就是他的温润。不会给别人带来伤害，而且又能够滋养别人，这是我们传统文化中非常重要的一个倾向，是感情上的中庸之道。做什么都要合乎规范，不要过度，否则伤害自己，也伤害别人。所谓的“中庸”，既不能过，也不能不及，要处在一个中间状态，这个叫作“不偏不倚”。古人认为情感的表达，应该是平和的、正直的、避免冲动的。如果得不到，你就上天入地，杀人放火，那破坏性就太大了。有的恋情就是这样，它不顾一切，引发的情感反应特别强烈，所以要付出足够的代价。如果一个人没有理性，不能够克制自己的情感，有可能会引发非常严重的后果。所以《关雎》中所提倡的感情既是真诚热烈的，也是克制守礼的，这是基于人对自身要有理性的要求。

也正因如此，孔子强调人在追求感情的时候，也要有合理的克制。那什么叫作克制呢？有的人说孔子的道德标准很高，对别人要求很严厉，可是却放松了自己。这就存在误区了，孔子提倡的克制，是指克制自身的冲动。一个君子要管理好自己的情绪，但是如果一味地压抑情绪，显然也会给人带来伤害。《关雎》在结尾就给出了一个方法，说君子要善于调和，一旦发生了冲突，发生了矛盾，要把自己的情绪融入想象的喜悦中，为自己构建起一个充满美、快乐和期待的场景来安抚自己的内心。这就是我们现在所说的治愈感，即把眼前的惆怅转化为对未来的期待。所以人类伟大的智慧包含着两个词，一个叫作“等待”，一个叫作“希望”。《关雎》

里面的感情也是这样的，让我们的内心重新回到健康平和的状态中，保持等待、保持希望——这正是君子从辗转反侧到中正平和的关键所在。

作为一个有血有肉的人，无论如何我们都会有求而不得、情非得已的时候。无论是口腹之欲，还是男女情欲，都是真实而正常的生活需求，但如果一味地满足欲望，就有可能造成反噬，不管是对自己还是对他人，甚至对社会秩序，都会产生破坏。古人用“礼”字来约束欲望，就是要把欲望关到笼子里，要守一定的规矩，这样小到家庭，大到国家，都能够长治久安。也正因为有了这一重含义，《关雎》就成了《诗经》的开篇之作。它就像是一首温柔和缓的乐歌，先写相思，再写相思引发的淡淡忧愁，再写相守之乐，充满了情感上的中庸之道，不偏不倚，对后世产生了很大的影响。

○采采卷耳　不盈顷筐　嗟我怀人　寘(zhì)彼周行(háng)

○陟(zhì)彼崔嵬　我马虺(huī)隤(tuí)　我姑酌彼金罍(léi)　维以不永怀

○陟彼高冈　我马玄黄　我姑酌彼兕(sì)觥(gōng)　维以不永伤

○陟彼砠(jū)矣　我马瘏(tú)矣　我仆痡(pū)矣　云何吁(xū)矣

周南·卷耳

《卷耳》这首诗很有意思，历来争议很多，有不同的解释。甚至有人认为，这是两首诗拼合而成的，所以比较难以理解。真的是这样吗？

采采卷耳，不盈顷筐。

卷耳是一种草本植物，据说它的形状就是像小老鼠的耳朵，卷在一起的，所以看起来很可爱。它的嫩苗是可以食用的，有点类似于我们现在涮火锅时吃的叶子菜。“采采”就是说这种植物长得很茂盛，你可以不停地采摘，一会儿就能够采到很多。但下一句却很好玩，说“不盈顷筐”，就是连一个浅浅的筐子都装不满。为什么这样呢？难道做的都是无用功吗？

答案来了，下一句说：

“嗟我怀人，寘彼周行。”

“寘”是放置的意思，“周行”就是这条路非常通达，是官道、大道。这个采摘卷耳的女孩子，她的心思根本不在采摘上，她一直在向大道上张望，对手里的活就心不在焉，这就是有心事，叫“嗟我怀人”，她在想着心上人。我心里有个人，所以眼前的一切都不能让我提起兴趣，我望着远方的路，看是否有我心上人的身影出现。这样我们就能理解为什么采摘了半天那个浅浅的筐子都没有装满，这个女孩子当年在这里看见心上人离开，她就相信这儿也会是他归来的地方，这条路就成了她的期盼，心里存着事儿，手上就干不好别的活了。

这就是中国式的感情——它非常含蓄，不会很直白地说：我想你想得睡不着觉，但是每一个动作、每一个细节都在表达相思。欧阳修有一首词，《踏莎行》中有一句，“平芜尽处是春山，行人更在春山外”，就是在讲，我眼睛看到的地方都没有你。就像这个无心采摘卷耳的女子，她也在想着这个大路尽头，会不会有一个身影出现？是不是自己的心上人？她的心上人在远方，而古人出行是一件很不方便的事儿，我们猜测，有可能她的心上人是被国家派去做更重要的事了，这就造成了夫妻的分离，或者是有情人无法相见。

“诗经时代”诞生了很多表达思念的诗歌，成为人类情感表达的范式。在此之前，我们想念一个人，想到所有的事都提不起兴致，却不知道该怎么表达，这首《卷耳》就开创了一种表达思念的写作方式，并对后世产生了很大的影响。比如我们熟悉的故事，孟姜女哭长城，其实就是思念之悲，这种力量非常大；还有唐诗，“可怜无定河边骨，犹是春闺梦里人”，无定河边的累累白骨，不知道是谁家的心上人——这些表达都是承继了《诗经》的传统。

从表面上来看，《卷耳》第一章是写一个女子思念丈夫，到了第二、三、四章就又换了一个视角，写丈夫想家。这个丈夫思念家乡是什么样子呢？其实也是这个女子的猜测，在她的想象中，丈夫肯定是这样的：

陟彼崔嵬，我马虺隤。

陟彼高冈，我马玄黄。

陟彼砠矣，我马瘏矣。

“陟”是攀登，意思是走上他所攀登的地方，“崔嵬”是指高而不平的土石山，“高冈”指高高的山脊，“砠”就是巨石盘横的土山。

可见，这个地方人烟稀少、环境险恶、道路崎岖，可是我的心朝着你的方向。你看我的马，已经因病成了玄黄的颜色；我的仆人，也是疲病交加，不能前行。马病人疲，我没有办法踏上归途，所以借酒消愁，即

我姑酌彼金罍。

“金罍”就是一种酒器，他是端着这个酒杯遥祝一下，让自己暂且沉醉在酒意里，淡化对故乡和心上人的思念。

这样的构思非常的别致，也很灵巧，是一个女子在想象，我的丈夫为什么没有音讯？我的丈夫现在是什么样的处境？越想越觉得他可怜，越想越觉得丈夫不容易，所以她的感情就一层一层地加深，这种思念和担忧非常深长。

在《卷耳》的后半段，反反复复地提到这个字——“陟”。

那个男人为什么要不断地去攀登高山呢？也许是因为他的工作需要，也许是因为眼下的处境，但更重要的，或许是登在高高的山上，才能够遥望他的故乡，这是一个催人泪下的表达。所以《汉乐府》说，“远望可以当归”，这当归是中药名，其实寓意很深，就是你站得高，望得远，就可以想象已经回到了家乡，回到了亲人的身边。有多少次登高就有多少次怀乡，所以中国有一个传统佳节，叫重阳节，“每逢佳节倍思亲”，用登高来“思亲”，就是我们在诗歌中看到的景象。

《卷耳》用这种方式来表达情深意重、两地相思，在思妇和征人的双重视角中，我们既读到了女人的思念，也读到了征人的怀乡。两个主体的视角，就像电影中的镜头交叠，你看我的时候看到了什么，我看你的时候又看到了什么，我们的方向竟然是相同的，这就让彼此的思念更为深刻动人。你看这个女子，她手上采着卷耳，心里想念着夫君，想他登上了高山，眺望着她的方向，想他人困马乏，借酒消愁，可是心也朝着她的方向。她的想象是具体到了细节的，连喝酒的容器到底长什么模样，她都可以说得很清楚，可见这个女子对夫君的生活习惯是非常熟悉的。她对夫君也非常体贴，她知道对方的心里一定有自己，这种安全感才会让思念一层一层地加深。这样以虚见实，从对面写起的手法，在后世写相思的诗歌中，也多有体现。比如杜甫的“香雾云鬟湿，清辉玉臂寒”，李商隐的“晓镜但愁云鬓改，夜吟应觉月光寒”，其实都是采用了同一种方法，这都是《诗经》留给我们的表达，所以孔子说：“不学《诗》，无以言。”

这个时候，我们难免会思考一个问题：明明是我想你，然后写出来的偏偏是你想我，这是含蓄吗？也不全是，其实这是女子的一种自我安慰。远方的那个男子杳无音信，其实女子是会有点紧张的。他会不会忘了我呢？他过得好不好呢？他到底还在不在人间呢？这一切都是不可预测的，没有答案。她只能猜，而当一个人心里有情的时候，她不会往怨恨的地方猜，不会往坏的地方猜，所以这个女子就说，夫君一定像我一样，在深深地思念着我。我希望你过得比我好，我甚至觉得你不在我身边的时候，就格外地辛苦，格外地难熬。只有你回来，我们在一起，才能结束这煎熬的一切。所以女子在采卷耳的时候，眺望这条路的尽头，盼着那个日思夜想的身影能够出现。就像沈从文的《边城》里写的——也许他明天就来，也许他永远也不回来。这是命运的结局，但却不是相思的终点。

○桃之夭夭 灼灼其华[huā] 之子于归 宜其室家

○桃之夭夭 有蕡[fén]其实 之子于归 宜其家室

○桃之夭夭 其叶蓁[zhēn]蓁 之子于归 宜其家人

桃夭

周南・桃夭

《周南・桃夭》这首诗非常著名，它讲的是婚嫁。“桃之夭夭，灼灼其华”，大家一听，就觉得好熟悉，它究竟是在描述什么样的心情和故事呢？你一边读一边理解，心里面就会充满了喜悦，因为它特别充盈、饱满，代表的是甜蜜的感情。

这首诗还有祝福的基调，以后当我们要祝福别人结婚、恋爱的时候，可以写“桃之夭夭”给他，这样语言上的表达就会很优美。《桃夭》整首诗就是在祝福一对新人婚后能够过上美好、理想的生活。

桃之夭夭，灼灼其华。

之子于归，宜其室家。

“夭夭”指的是春天桃树茂盛、生机勃勃的样子。“之子”是指一个美丽的姑娘。“之子于归”，就是这个美好的姑娘要出嫁了。“宜其室家”，“宜”就是和睦，“室家”就是指她要嫁去的那个夫家。所以这一句就在描述这样一个情景：春天到了，大片的桃花盛开，娇艳明媚。有个像桃花一样的姑娘就要嫁到我们家了，这真是一个好消息，所有人脸上都洋溢着喜悦——你嫁过来，这就是一段美好生活的开始。

世界上的花有那么多种，为什么桃花总是和甜蜜的爱情联系在一起？这是因为桃花本身的样子非常娇美，一大片一大片盛开，粉粉的、白白的，如烟似雾，就像恋爱的时候人一看就会有浪漫的感觉，而且女孩子脸上的红晕也是桃花色。

崔护有一首非常著名的诗：

去年今日此门中，人面桃花相映红。

人面不知何处去，桃花依旧笑春风。

说的就是女孩子那美丽的脸颊和桃花交相辉映，非常动人，那是最好的颜色。可是一年过去，我再来到这里，想要看一眼那个美好的女孩子，她已经不知道去哪里了。桃花却依然在春风里盛开，好像在笑我痴情。这是一种有点惆怅的追忆。

桃花带有一种少女的灵动和娇俏。桃花一开，春天就来了，人就笑了。所以在万物复苏的时节，桃花就会给人带来一种喜悦和幸福感。这个时候去表白、去求婚，都是很好的时机，因为爱情容易在桃花盛开的时候萌发，所以“恋爱运”又叫“桃花运”。

在我们的文学作品中，每种花都有自己的花语。我们可以想一想，如果这首诗不是用桃花起兴，而是用梅花、菊花或者荷花，会怎样呢？仔细一琢磨，那个氛围忽然就有点不对劲了，平添了一些遗憾、错过或者是悲凉的感觉，它和桃花带来的那种浪漫感完全不一样了，这就是意象。随着一代代人对于意象的反复描写，在中国人的眼中，好像有一些事物就有了固定的表达。万物都是有生命的，人和自然是一体的，所以万事万物都在替我们抒发感情，能够替代我们表达那种模糊的感觉。

比如岑参的那句诗：

忽如一夜春风来，千树万树梨花开。

明明是在讲春风吹拂，可是你会觉得有一丝丝的寒意。因为随着春风盛开的是梨花。梨花雪白，闪耀银光，所以好像就有了一种清冷感。但岑参写的不是春风，而是冬风，是塞外的飞雪。这句诗就是在讲：这风虽然是在塞外，我把它当作是春风吹拂；枝上那片片雪花，我却把它看作千树万树盛开的梨花。但这依然不是春天，还是会给人带来寒冷的感受，那样的白还是会带来冷疲之感。如果这里换成“千树万树桃花开”，你一下子就觉得这才是春天，冰雪消融，然后心里痒痒的，生命都在勃发，俨然是另外一种景象了。可见，每一种花朵都会有它的温度。

《桃夭》第二段，女孩子嫁过来之后，生活怎么样呢？

桃之夭夭，有蕡其实。

之子于归，宜其家室。

“蕡”就是果实硕大的样子。其实这句话就是在祝福：一对新人走进了新生活，将来要多子多福。在古代，人丁兴旺是直接和家族兴衰挂钩的。

最后一段——

桃之夭夭，其叶蓁蓁。

之子于归，宜其家人。

“蓁蓁”指的是树叶繁茂的样子。它讲的就是：这个女孩子嫁过来，我们的家族就开枝散叶、生机勃勃。

我们从这首诗里感受到的是一种喜悦和祝福的氛围，是从“人面桃花相映红”到婚后幸福美满、子孙满堂的美好心愿。美丽的姑娘，你嫁到我们家之后一定会结出累累的硕果，长出茂密的枝叶，我们以后的生活必定也像这棵繁茂的桃树一样幸福又美满，子孙满堂。

可见，古人对待婚姻的态度是非常慎重的，所以结婚的流程也会很漫长。从议婚到完婚，这中间如果按照古礼有六个环节，缺一不可，分别叫作“纳彩”“问名”“纳吉”“纳征”“请期”和“亲迎”。我们在网上会看到，有一些年轻人现在会采用这套古老的礼仪来结婚，每一道环节拍下来都非常美，但看起来也真的是很繁复，要倾注心力、注重细节。

第一步“纳彩”是指男方要请媒人到女方家去提亲，跟女方说说新郎什么情况；也问问女方还有什么样的要求，同时送上一些纳彩礼。第二步叫“问名”。女方答应跟你结婚，这门婚事算数了之后，男方要通过媒人去问问新娘的名字和生辰八字。在此之前，这些都是保密的。然后，男方要拿着这个名字和生辰八字到祖庙里面去占卜，看这两个人到底合不合，相不相配，这个就叫作“纳吉”。占卜的结果如果很好，男方就会特别高兴地去送聘礼，这个就叫作“纳征”。什么身份的人家就要送什么样的聘礼，这都是有规矩的。

前面这四个步骤都走完了，真正的婚礼仪式才可以开始筹备。男方要选择一个良辰吉日，再和女方家商量，确定日子，这叫“请期”——请问这个日期行不行。到了婚礼当天，新郎要亲自去新娘家把新娘接出家门，这叫“亲迎”，是一种对女方的尊重，表达自己最大的诚意。在古代，这一套流程下来，没有个小半年根本准备不好。

我们现在的结婚也有很多仪式。到了迎亲的这一天，新郎要带着伴郎团去接亲；伴娘团堵着门，让新郎过五关斩六将，才能把新娘接走。这其实也是在强调仪式感——我们家这个姑娘，是我们手心里的宝，你要爱她、尊重她，才能把她娶走，否则我们就要给你点颜色看看了。

这些流程都走下来，反反复复，我们发现要送好多次礼，而且男方准备的礼品中，一般会有一个很特别的东西，它就是大雁。你说结婚就结婚，为什么要送大雁呢？那是因为大雁是非常忠诚的鸟类，一生只有一个伴侣。如果有一方不幸早逝，另一方就会长声哀鸣，围绕着它的尸身不走。在古人看来，这是很忠贞的品质，送大雁就象征着夫妇二人白头偕老，一生一世忠于这段感情。

在民间，大雁并不容易得到，人们往往会用鸡、鸭、鹅来替代。我们现在很多地方也会保留这个习俗，所以你看到婚俗场合出现了一对鸡、一对鸭什么的，其实都是从送大雁的礼俗沿袭而来的。随着社会的发展，到了宋元明清，婚礼已经省略了很多仪式，结婚的氛围也主要是追求喜庆、热闹，就跟我们现在很相像了。

但最正统的婚礼讲究四个字，叫作“敬、慎、重、正”。把这四个字认真地写一遍，你就会发现沉甸甸的。它是在讲，婚姻不是一件随意的事情，它“上以事宗庙，下以继后世”（《尚书·舜典》）。婚姻自古以来就不仅仅是两个人的事，它也是两个家族合为一体的大事。

在《诗经》开篇的《关雎》中，我们就从水边的雎鸠鸟讲到了“君子好逑”，然后开启了人世间琴瑟和鸣的婚姻生活。《桃夭》也是如此，但是《桃夭》更聚焦在出嫁的那个场景，就像是一个特写镜头，聚焦在这一段上面，告诉你，一个女子经过什么样的流程和仪式才进入一段新的生活。它也给婚姻和家庭蒙上了一层桃花色的滤镜，让我们感受到了幸福的气息。也正是从这首诗里面，我们能够体验到古代婚嫁的氛围。

芣苢

○采采芣(fú)苢(yǐ)，薄言采之。采采芣苢，薄言有之。

○采采芣苢，薄言掇(duō)之。采采芣苢，薄言捋(luō)之。

○采采芣苢，薄言袺(jié)之。采采芣苢，薄言襭(xié)之。

周南·芣苢

大家看到“芣”“苢”这两个字，可能会有点蒙，说太陌生了，其实我们可能很早就已经认识芣苢了。

小的时候你有没有玩过一种游戏叫作斗草？两个人各自去找一根草，然后把这两根草从中间勾住，每个人抓住草的两端，分别用力，谁的草断了，谁就输了。而胜利的那一方，会继续跟其他人比，直到赢过所有的人。其中最坚韧的那种草就是“芣苢”，也叫“车前草”。我们会发现，这个有趣的游戏在很古老的时候就已经出现了。故宫博物院中有一幅清代的《群婴斗草图》，就是一群小朋友在那里玩斗草游戏的情景，非常可爱。画面中有一个红衣服的小朋友，他正在采摘的就是车前草。

所以说，《诗经》从来都不是高高在上的，它就是我们的生活情景，也没有随着时间的流逝就被束之高阁。它里面所包含的很多自然朴素的生活细节，依然会在我们的生活中发生。

那么这首诗究竟在说什么呢？通读一遍我们就会发现，

它的变化非常少，一共六段，十二句，但只改动了六个字。这种手法叫作“复沓”，有点像是歌剧中的“咏叹调”，或者是我们在唱歌的时候，副歌部分反复出现的那一句歌词。这也是民歌的一大特点，比如我们熟知的乐府诗《江南》，就采用了这种手法：

江南可采莲，莲叶何田田。鱼戏莲叶间。

鱼戏莲叶东，鱼戏莲叶西，

鱼戏莲叶南，鱼戏莲叶北。

有没有发现改动的字特别少？看上去似乎没什么内容，有点像废话，绕来绕去的。但当你这么读一遍，你就会发现，它描述了一个生动活泼的情景。你好像能够看到那些小小的鱼儿在莲叶下面四处游动，一会儿游到东，一会儿游到西，像捉迷藏一样，你的眼睛根本捉不住它们的身影，就随着它们咕噜咕噜地转动。《江南》通过这种朴素的重复，就把小鱼在莲叶中游曳的动态美给展现出来了，所以它非常适合带着孩子一起来读。

《芣苢》也是一样，它也是一首很适合带着孩子来朗读的诗。只需要改变诗中关键的动词，整首诗就有了一种流动感。诗中的动词有“采之、有之、掇之、捋之、袺之、襭之”，这些动词不管你是否认识，当你大声地读出来之后，请想象这都是采摘车前草不同的动作。

“掇”是伸长了手去采；

“捋”是用手抓住车前草，向一个方向用力把它摘走；

“袺”是一只手兜着衣襟，另一只手把车前草放进去；

“襭”是把衣襟掖在腰带上，去兜住采来的这些草。

这看起来就是一个人采摘芣苢的全部过程，只是每一个细节都展现出来了。很多人一起采摘车前草时，不同的动作全部记录在案，最终形成这样一幅热闹的情景。

如果给我们一张白纸，要求我们把《芣苢》这首诗画一下。那我们就可以画出不同的人和他们不同的动作。虽然都是在采摘车前草，但是每个人都可以拥有一个自己的情景。这就呼应了开头的“采采芣苢”，其实就是采了又采。这也说明芣苢很旺盛，而采摘的人也特别多。大家一起又有游戏，又有劳动，充满了收获的喜悦。

这种收获的喜悦，也是《诗经》中很重要的一个主题。因为我们是农耕民族，主要是看天吃饭，在种植水平不高的古代，古人需要去寻找一些野菜、野果来填饱自己的肚皮，所以《诗经》中的很多诗歌都有采摘的情景。

芣苢也就是车前草的嫩苗，是可以拿来煮汤喝、当菜吃的，所以大家就经常三五成群，约好了一起去采摘芣苢。其实这也是一种闲话家常、沟通感情、打打闹闹的生活氛围，有点像我们现在约着一起去吃火锅。一边吃火锅，一边唱唱歌来表达快乐的心情，叫“吃着火锅，唱着歌”。采芣苢的时候也是这样，大家热热闹闹地唱一唱、跳一跳，这种欢快的情景就是《芣苢》所表现的内容。这首诗里所表达的，我们其实一点也不陌生。

直到今天，在春茶采摘的季节，南方的采茶女们也会这样唱着歌结伴去采茶。所以我们说《诗经》的一大特点，叫作“饥者歌其食，劳者歌其事”。诗歌就是人们在生活和劳动中自然的情感流露。我忽然觉得开心了，有了诗意，有了仪式感了，就把它记录下来。这样一来，劳动虽然是辛苦的，但是诗意的一面让我们觉得，哪怕是辛苦，也是美好的体验。这就叫作“苦中作乐”,是一种中国人的智慧,是把一件重复的、辛苦的事情变成了热热闹闹的、快乐的事情。

“采采芣苢”用白话来说，就是“采呀采呀采芣苢”，有点像我们小时候的儿歌，“找呀找呀找朋友”，听起来就非常欢快和明亮，这也是民歌的一大作用，类似于劳动号子。我们在读这首诗的时候，就会理解劳动之美，会理解为什么李子柒劈个柴、磨个豆腐，我们看得津津有味，因为这样的情景就是能引发愉悦感。几个女子在风和日丽的天气里来到秀丽的田野，唱着歌，手挽着手去采摘植物的嫩苗。歌声袅袅，忽远忽近，就把人带入了一种欢快的情景之中。不知不觉，人就感觉心旷神怡，脚步也轻快了，这就是劳动的妙处。

你会不会问：“为什么都是女子去采摘车前草呢？这是不是重男轻女呢？”

当然不是，因为车前草的成熟草穗上面结满了籽，它的寓意就是多子多福。我们现代人并不这样理解，但对于古人来说，多生孩子是能够保障家族繁荣兴旺的，也能够让宗族之间的联系更加紧密。女子结伴去采摘车前草，也是希望自己能够生下健康的孩子，让家族繁荣。采摘完成后，女子们就会把采来的车前草送给新婚的人，或者是刚刚怀孕的好姐妹，以表达一种祝福，预示一个新生命即将到来，新的一页在徐徐展开。唐代诗人白居易有一句诗，“芣苢春来盈女手，梧桐老去长孙枝”，就是讲他的外孙出生。春天的时候，女儿手中握着人们送来的芣苢，就是大家在祝贺她怀孕了。到了秋天，梧桐叶落下，外孙就抱在女儿的怀里了。

从《诗经》去看古人的生活，就会发现古人眼中的世界是生机勃勃的。他们对自然万物都充满着情感，小小的芣苢捧在手里，唱几句简简单单的歌，里面既有劳动的喜悦，也有对于新生命的期盼。理解了《诗经》中的世界，我们对生命也就有了更加深刻、更加丰盈的感受。

汉广

○南有乔木　不可休思　汉有游女　不可求思
汉之广矣　不可泳思　江之永矣　不可方思

○翘翘错薪　言刈(yì)其楚　之子于归　言秣(mò)其马
汉之广矣　不可泳思　江之永矣　不可方思

○翘翘错薪　言刈其蒌(lóu)　之子于
归　言秣其驹　汉之广矣　不可泳
思　江之永矣　不可方思

周南·汉广

这是一首关于恋爱的诗。《诗经》里讲了很多圆满的爱情故事，但《汉广》不一样，它讲的是一种爱而不得的情感。

《汉广》里面的“汉”，指的是一个具体的地方，即汉江。它是长江最大的支流，源自陕西的秦岭，最后在湖北武汉的汉口汇入长江。我曾去武汉演讲，大家带我到汉口，去看滔滔江水。船穿梭于江上，年轻的男孩子和女孩子，牵着手，弹着吉他，在船上走来走去。《汉广》可能就是一个湖北男孩的心声，他边走边自言自语，然后就形成了这首诗，并流传了下来。

诗的开头两句：

南有乔木，不可休思。

汉有游女，不可求思。

“乔木”就是高大的树木，“游女”则有两种说法。一种说法认为，游女就是神女，比如《洛神赋》中的洛水女神，翩若惊鸿，宛若游龙，引起很多人的喜爱和关注。既然是神女，自然是不可求的。另外一种说法认为，游女就是我们平常生活中可以见到的女孩子。因为我喜欢她，朝思暮想，看见她眼睛里就有光了。所以在我的心目中，她就像女神一样完美，她就是我对于女性的全部想象。这两种说法都有自己的逻辑。

南边的乔木非常高大，很挺拔，很好看，可是树一旦长得高就没有树荫了，也就不能坐在下面休息。汉水上的游女也是一样，太美好就显得高高在上了，我就会觉得我配不上她，这不是我能够追求得到的女子。其实今天有很多年轻人也是这样，他会去仰望一个偶像，把美好的种种想象都投射到这个人身上，哪怕是一个普普通通的人，一旦被投射了想象，她也会变成女神。这种心理和《汉广》中男孩子的心思是一样的。

接下来诗中说：

“汉之广矣，不可泳思。

江之永矣，不可方思。”

这句话就是这个男孩子自己在感叹。重要的事情说三遍，他说了三遍，我们就能体会到他的情感了，这叫“一唱三叹，循环往复”，就像副歌一样，不断地重复他的情绪。这个男孩子往前走一步，往后退两步，再回头看一眼，反反复复地倾诉着他的遗憾，说：“江水浩浩荡荡，我游不过去。水流那么深长，我也没有办法找到一个筏子划过去。”武汉的风景是非常好的，去过的朋友们应该知道。这么好的风景，这么好的女孩子，可是我却追求不上，这就是在讲人跟人之间，有一种根本性的距离。有一些事情无论你如何努力，也是得不到的。

我们总说爱而不得，最让人意难平。那种明明不能爱、不该爱，爱了也没结果的感情，就会让人备受煎熬，觉得有小猫挠心，像被架在火上烤。因为它没有结果，所以就没有办法终结。它会时时刻刻地提醒你："你爱上一个人了。"这就让我们感受到了爱情的甜和苦。你可能会说："这不就是恋爱脑吗？"但其实恋爱脑是一种很美好的状态，它意味着你被点燃了。每个人的头脑里面，还有另外一部分叫作理智。它站出来叉着腰，对我们的恋爱脑说："爱归爱，点燃归点燃，但是不可以有什么行动。"所以你看，人就是这么矛盾，这个男孩此刻就是这样，远远看着他喜欢的女孩，思慕她、向往她，但是没有办法走到她身边去，因为他知道自己和这个女孩子之间的距离是无法跨越的。这就讲到了一个很关键的人生态度：这个世界上有很多美好的东西，但它不一定属于你。那这个时候怎么办呢？

我们接着往下看：

翘翘错薪，言刈其楚。

翘翘错薪，言刈其蒌。

意思是：那里有一片高低不平的灌木，我要去割下它的荆条。为什么要干这件事呢？这里也有两种说法。一种认为

“错薪”是指杂乱的柴草，也就是指普通的女孩子；而“楚”是高出杂草丛的荆条，也就是男孩喜欢的女孩子。“薪”和“楚”指的就是两种类型的女孩，所以后来我们把杰出的人称为“翘楚”。另外一种说法认为这个男孩子砍伐“楚”和“蒌”，是因为这两种灌木适合做火把。为什么要做火把呢？他是为了给这个女孩子结婚时用的。“结婚”的这个“婚”，右半边是“黄昏”的“昏”，在很长的一段时间里，古人结婚都是在黄昏的时候，那就需要举着火把照明来迎娶新娘。

之子于归，言秣其马。

之子于归，言秣其驹。

“之子”就是指那个美丽的女孩子，而“归”就是出嫁。那个美丽的女孩子要出嫁了，我心里有她，可她要嫁给别人了，那我就给她喂喂马吧。这是一个很善良的男孩的善良的心思。他不是说我得不到就要毁掉你，他也不捶胸顿足在一边饮泣。他说：“我还是要为你做点事的，我给你喂喂马。在你出嫁的这一天，我不能做你的新郎，给你喂喂马也是好的，也是为你尽了一点力。”这是一种很纯洁、很柔软的感情。

有人会说：“这个男孩子简直太懦弱了！你为什么不大胆地去抢呢？为什么不热烈地表白呢？”但这个世界的丰富就在于这里，不一样的人会做出不一样的选择。我们看着这个男孩，也很能理解他的感情，他善良，他也软弱。他喜欢那个女孩子，可他也知道，有一些人和事是无论他怎么样努力，都不属于他的。那这个时候他用什么样的心态来面对这个人或者这件事呢？《汉广》的作者就提供了一种选择，叫作“温柔以待”。我喜欢她，可我觉得追求不上，配不上那怎么办？我不会拔刀相向，我也没有愤怒地离开。我给她喂喂马，默默地为她做一些事儿。哪怕她不知道，我此刻也觉得心里面装着很多温柔。

《诗经》里面有大量关于恋爱、婚姻、家庭的诗都写得非常美，这首《汉广》就表达了中国自古以来的一种文化心理——最美好的情感状态，往往是未完成的状态。《汉广》呈现出来的就是一个不能抵达、不能得到的状态，但这个男孩子不愤怒、有节制、有回味，这就是孔子所说的“温柔敦厚，《诗》教也”。我们可以把它理解为读过了《诗经》，人就会变得温柔和敦厚，起码会心向往之，这是一种品行和气质。这种温柔不是懦弱，它只是不过度、不激愤，显示出一种从容的体面。这是东方文化的传统，也是《诗经》的气质。

○于以采蘋 南涧之滨 于以采藻 于彼行(xíng)潦(lǎo)

○于以盛(chéng)之 维筐及筥(jǔ) 于以湘之 维锜(qí)及釜(fǔ)

○于以奠之 宗室牖(yǒu)下 谁其尸之 有齐(zhāi)季女

采蘋

召南·采蘋

《采蘋》出自《诗经·召南》。召南就是指召公管辖的南方地区，也就是现在的河南、湖北之间的地方。召公是周武王的弟弟，最初的封地在召，所以就叫作召公。

《诗经》中有很多关于采蘋的内容，有时候是采一些野菜野果，用来充饥，有时候是采一些野草做成药材。在这首《采蘋》里面，采摘的植物很特别，它是专门用来祭祀的。

这是一场关于什么样的活动呢？我们先来看第一句：

于以采蘋，南涧之滨。

于以采藻，于彼行潦。

“于以”的意思是在哪里，“行”就是流动的意思，“潦”指的是路上的积水。

到哪里去采摘浮萍呢？南边山涧的水边。到哪里去采摘水藻呢？沟中积水的野道。

为什么要专门去采水中的蘋和藻呢？因为要开展一场祭祀。用于祭祀的植物有着更高的要求，要干净圣洁、可以食用，所以祭祀一般用的都是水菜，而很少用陆地上泥土中长出来的菜。陆菜是要用粪便来施肥的，可是水菜是在水中生长的，所以古人会认为它更干净，适合用来祭祀。

采到了圣洁的水菜之后，接下来做什么呢？

于以盛之，维筐及筥。

于以湘之，维锜及釜。

“筐”是方形的编筐，“筥”是圆形的编筐，“湘”在这里就是烹煮的意思。用什么煮呢？“维锜及釜”，“锜”是三只脚的锅，“釜”是没有脚的锅。

这两句连起来的意思就是说，采来的蘋藻用什么样的器具来盛放呢？方形的、圆形的竹筐；用什么样的炊具来烹煮呢？有脚的和没脚的锅釜。

现在祭品已经处理好了，又要做什么呢？

于以奠之，宗室牖下。

做好的祭品要拿出来安放。放在哪里呢？在祠堂窗下的案几上。

以上几句其实就是问了一大堆的问题，然后引发了一连串的动作。我们好像看完了一组漂亮的蒙太奇：勤劳美丽的少女们不停地采摘、烹煮、摆放水菜，然后用以祭祀——就像是一幕一幕的电影画面，转场自然流畅。

直到最后，主管祭祀的人才缓缓出场。

谁其尸之，有齐季女。

这个“尸”不是尸体的意思，它是主持的意思；“齐”是通假字，通“斋”，是指恭敬又美丽的样子。这句话就是说，谁来主持祭祀呢？有请恭敬又美丽的少女。

我们读到这里就会发现，它是一首结构很漂亮的诗。吴闿生在《诗义会通》中评价道：“五用‘于以’字，有‘群山万壑赴荆门’之势。”前面用这些“于以”一直在问，就像你面对群山万壑，翻山越岭之后，最后才见到了最后出场的主角，一层一层贴近。

这位恭敬美丽的少女虽然此前没有出现，但是她一直都隐藏在祭祀的环节中，让前面的这些细节变成了伏笔、变成了铺垫，一步一步地、很有仪式感地接近这个美丽的女子。我们读到这里就恍然大悟——原来就是因为她，才会发生这样一场盛大的祭祀。

在上古的时期，人们敬畏天地、鬼神和祖先。在重大的节日或者婚丧嫁娶这样重要的日子里，都要举行祭祀活动。祭祀是有很多讲究的：置办什么样的祭品，选用什么样的器具，在哪里举办仪式，由谁来主持都有一定的规矩。直到今天，在潮汕等一些地方依然保留了很多风俗。这些风俗是依据什么呢？就是依据这些古老的典籍。从这首诗中我们可以看到，祭祀的步骤写得很具体。因为这些步骤不能出错，否则就不吉利。

《采蘋》讲的是一种女子的“教成之祭”。《毛传》云：“古之将嫁女者，必先礼之于宗室，牲用鱼，芼之以蘋藻。”古代女子出嫁之前，一定要祭祀祖先，祭品中的肉类要用鱼，蔬菜类就要用诗中的蘋和藻。所谓“教成”，就是说这个女孩子已经被教养成功，下一步就可以步入婚姻，去别人家了。

怎么样来检验她的教养已经成功了呢？让这个女孩子来主持操办一场祭祀祖先的活动用以考查。《采蘋》描述的就是这次“教成之祭”的检验。圆满完成了，就通过了生命节点上的大考，所以诗歌的字里行间充满了成功的喜悦。

女子的这种“教成之祭”也是一种实习。因为在我们的文化中，民间祭祀都是由家中的女性来出面操办的。一个女子在未出嫁前要学习关于祭祀的规矩，嫁到夫家之后，才能够驾轻就熟，从容地应付家庭的祭祀活动，成为一个成熟的当家主母。“教成之祭”相当于是毕业典礼，代表着这个女孩已经是一个具备良好教养、能够承担责任的成年人了。

我们现在的女孩子在婚前也需要做一些准备。过去可能学的是洗衣做饭、打理家务，比如七八十年代的时候，女孩子还要学织毛衣、补衣服，要在结婚前给心上人织一条围巾或者一件毛衣，来证明自己能做个好妻子；现在，随着现代观念的转变，不再是“男主外、女主内”的时代了，男女更加平等，对于女孩子的婚前教育，也变得多种多样。比如有些家庭会在婚前教女孩子怎么理财——这样才能够做好一个家庭的财务规划。

对古人来说，祭祀是一件沟通天地神灵的大事，它能够建立起人和世界的联系。人们在水中采摘蘋和藻，最后恭恭敬敬地把它们放在祠堂的案几上。这一系列步骤让人和自然有了一种共生的联系，它代表着我们民族古老、朴素的观念：“天人合一”“天地人神共生”，人对自然神灵要有敬畏之心。

我们能够从诗中感受到一种自然的清新活泼、宗庙的肃穆、礼乐制度的庄重以及对青年人未来生活的期待和祝福。

通过这一场祭祀活动，人们又重新与逝去的祖先建立了联系。我们可能是全世界最重视祖先祭祀的民族之一——每当一个家族的成员步入人生的重要阶段时，我们都会通过祭祀告诉祖先，叫作“告慰先灵”，以示生命生生不息的延续。

回到这首《采蘋》。看起来这首诗好像是在讲故事，讲古代女性成长和教育的方式，其实它也未尝不是一首抒情诗。为什么这么说呢？我们在这首诗中看到的不是形容词，一直都是具体的问题和回答，而且到了结尾要一锤定音的时候，轻轻收回来，说了一句：“有齐季女。”

最后一句既是结局，又是开端，叙事在此刻就化为抒情，它充满遐思，让人忍不住去想象：我一步一步随着长镜头走近的，是一个什么样的少女？她又是怀着一种怎样的心思去期盼未来的生活呢？这种朴素而美好的心情最动人心。

○摽(biào)有梅　其实七兮　求我庶(shù)士

迨(dài)其吉兮

○摽有梅　其实三兮　求我庶士

迨其今兮

○摽有梅　顷筐塈(jì)之　求我庶士

迨其谓之

摽有梅

召南·摽有梅

每年假期的时候结婚的朋友们特别多，但更多的人是赶着参加别人的婚礼，甚至一个假期就能参加好几场婚礼。看到有情人结成眷属，走入人生的新阶段，不知道没有结婚的人会有什么样的感受。《摽有梅》讲的就是一个大龄未婚女子的内心独白。

先看第一段：

摽有梅，其实七兮。

求我庶士，迨其吉兮。

“摽”的意思是掉落。梅子熟了往下落，枝头还剩六七成；喜欢我的男孩子，请你快快来娶我，不要耽误良辰吉日。这首诗其实是一个女孩子在表达内心对婚姻的渴望。

接下来的两句：

摽有梅，其实三兮。

求我庶士，迨其今兮。

又过去了好一段时间，树上的梅子不停地掉呀掉，就剩下三成了；你要是喜欢我，现在就来，也不用等到什么良辰吉日。

最后一段：

摽有梅，顷筐塈之。

求我庶士，迨其谓之。

现在树上已经都没有梅子了，大家拿着筐把梅子捡走了；你要是有娶我的想法，我们俩先在口头上约定也行。

这听上去真是非常可爱。这是一个大胆的姑娘，她很着急，说："你怎么还不来娶我？"

——很直接地表达了"我渴望爱情、渴望嫁人，我已经急得不得了了"的心情。这样的女孩子很讨喜，她不是扭扭捏捏的，她大胆、热烈，知道自己想要什么，渴望什么样的人生，且明确地去表达。

这首诗看起来很简单，只有三段六句，但我们读起来会发现，每段结尾都有一点变化。第一段"迨其吉兮"，不要耽误良辰吉日；到了第二段就变成了"迨其今兮"，当下的日子也不要耽误；最后一段更直白了，"迨其谓之"，我们俩先口头上约定也行。这三段的心情一段比一段急切，因为梅子在不断地掉落，剩下的果实越来越少，这也是在暗示：这个女孩子的年龄越来越大，心里面越来越焦虑，所以她对择偶程序的要求在不断地下降。

这种年龄焦虑是哪里来的呢？我们需要回到那个时代去理解。在古代，婚嫁宜早不宜迟。男子二十岁可以娶妻，女子十五岁就可以嫁人。贵族男女的婚嫁年龄就更早了，君主十五岁生子都是合乎礼法的。我们知道，抗金将领岳飞十六岁就做父亲了，三十四岁就做爷爷了。

《摽有梅》中的这个女孩子可能已经超过二十岁了。为什么这么说呢？因为《毛诗正义》曾经有一段注释："言三十之男，二十之女，礼虽未备，年期既满，则不待礼会而行之，所以蕃育民人也。"《周礼》还规定，"仲春之月，奔者不禁"，也就是说，男过三十未娶，女过二十未嫁，那么男子就只需要在仲春时节向女子打个招呼，两个人就可以成婚了。一切繁文缛节通通免掉，结婚最重要。这就是为什么诗中第三段说口头约定也可以。

我们现代人结不结婚是个人的选择，但在男耕女织的时代不是这样的。当时人口少，人的寿命也没有那么长，所以结婚生子对于整个国家的经济和税收就非常重要，婚姻就不再是个人的事儿。《周礼》中有一个官职叫作"媒氏"，要是男女过了适婚的年龄，媒氏就会出现。干什么呢？帮他们找对象。可见，国家对于婚姻是非常重视的，所以叫作"婚姻大事"。

除了社会原因，诗中的女孩子自己的心中也很渴望爱情，就像大作家歌德的一句话："青年男子哪个不钟情？妙龄少女哪个不怀春？"恋爱是我们情感中的原始需求，渴望和另一个人建立亲密关系，渴望在茫茫人海中找到一个没有血缘的亲人，这是非常珍贵的。一个渴望亲密关系的人，却始终不能如愿，她当然会着急、会焦虑，甚至会痛苦，羡慕那些已经成家的小夫妻。

诗人王昌龄有一首《闺怨》：

闺中少妇不知愁，春日凝妆上翠楼。

忽见陌头杨柳色，悔教夫婿觅封侯。

讲的就是刚刚结婚不久的女子登上高楼去赏春，结果她看到眼前春日融融、杨柳青青，忽然之间心里就难过了，觉得后悔。因为丈夫是在她的鼓励下到边关去博取功名的。可是丈夫一走，就留下了自己一个人。眼前如此美好的春光，心爱的那个人却不在我的身旁，这该有多遗憾。人生其实很短，如果春花秋月、夏雨冬雪都有人跟你分享，你就会收获许多珍贵的记忆；这些珍贵的记忆会提升生命的质量，让你觉得这一生非常值得。可是，如果每一处都有遗憾、都有缺口，你就会觉得时光难熬。

当然，我们今天的人大可不必像《摽有梅》中的女孩子这么焦虑：遇见喜欢的人，什么时候都是最好的年龄；而经济的独立和寿命的延长也给了人最大的权利，不用急急忙忙地赶一个所谓的最佳结婚年龄和最佳生育时期，而是可以去找一个最适合自己的人，探索一种舒适的生活状态。

不过和古时候相比，现代人对婚姻的顾虑也变多了。古代人非常简单：找到一个人好好过日子。可是现代人总觉得，生活压力太大，恋爱成本太高，自己始终准备不好，不能以一个最好的状态迎接人生的新阶段，所以就会很为难。给大家介绍一部电影——李安的《饮食男女》，讲的是一家人的婚恋故事，里面有一句话：人生不是做菜，不能等所有材料齐全了再下锅。

有的时候可以不要想太多，先行动起来再慢慢调整。可能我们只是觉得婚姻很难把握，害怕未知、害怕失控，所以才会止步不前。一旦把这种恐惧放下，你就解脱了。去行动，改变当下的处境——这也是我们诗歌中蕴含的古老智慧。

有花堪折直须折，莫待无花空折枝。

勇敢的人先享受世界！

○忧心悄(qiǎo)悄　愠(yùn)于群小　觏(gòu)闵(mǐn)既多
受侮不少　静言思之　寤(wù)辟有摽(biào)
○日居月诸　胡迭而微　心之忧矣
如匪浣衣　静言思之　不能奋飞

柏舟

○泛彼柏舟　亦泛其流　耿耿不寐　如有隐忧　微我无酒　以敖以游

○我心匪鉴　不可以茹(rú)　亦有兄弟　不可以据　薄言往愬　逢彼之怒

○我心匪石　不可转(zhuǎn)也　我心匪席　不可卷也　威仪棣(dì)棣　不可选(qiān)也

邶风·柏舟

《邶风·柏舟》这首诗在说什么呢？

先来看第一段：

泛彼柏舟，亦泛其流。

耿耿不寐，如有隐忧。

这个“泛”就是漂荡的意思。大家可以想象一下，有一条柏木做成的小舟，在水中悠悠荡荡地漂着。它没有目的，也没有掌舵的人，“泛若不系之舟”，就像庄子的《逍遥游》。

为什么要写一个无主的小舟在这里随着水漂摇呢？接下来，主人公就出现了。

耿耿不寐。

——这个人她睡不着。“耿耿”就是耿耿于怀，这个主人公内心有无法排解的心事，睡不着。

她在这里盯着这条小舟看，看了以后想到：

微我无酒，以敖以游。

——越看越烦躁不安，就想要借酒消愁或者是遨游世外。这里偏偏用了一个“微”字。

“微”指的是无、没有的意思。也就是说，不是我没有酒，不是我没有机会出去走一走、散散心，而是这两种排解忧愁的方式现在都不管用了。问题已经很大了，大到了没有办法逃避、也没有办法排解的地步，只能去面对它。

接下来的几句我非常喜欢，这位女子一连说出了好几句誓言，你就能看见这个女子的样子：她非常骄傲，且当断即断，是一个大女人。她说：

“我心匪鉴，不可以茹”

“我心匪石，不可转也”

“我心匪席，不可卷也”。

镜子照到什么东西就会呈现出什么样的影像，这叫“鉴”。但我的心可不是镜子，它不是什么委屈都能够包容的，我也不愿在我的心里藏污纳垢。“而且你要知道，”女子好像在跟对方说，“我的心不是圆圆的卵石，任凭你的水流过把我搓圆捏扁，随意冲刷来改变我的模样；我的心也不是那个柔软的草席，让你随便地翻、随便地卷。”她是在讲，我要主宰自己的命运；我有自己的主意、观点，我是独立的，怎么能让你随意地来对待我呢？

看，这样的一个女子很值得人欣赏：她爱的时候撕心裂肺，不爱的时候也干干脆脆。这个就叫作“琴心剑胆”。虽然不知道她的故事，但我们已经了解了她的性格，好像这个人就很立体地站在我们面前了。

接下来，第二段中，还是这个女子在讲述。她说她觉得太痛苦了，因而曾经回到娘家向至亲求助。但结果怎么样呢？

亦有兄弟，不可以据。

薄言往愬，逢彼之怒。

——我的长兄和小弟都不能够依靠。当我去倾诉的时候，当我去求助的时候，得到的只是他们的怒火。而我只能失望地离开。这种失望肯定比婚姻生活带来的打击更令人心碎，因为我们在柔弱、遇到困难的时候，总是期望亲人能够伸出援手。我们对那种温暖怀有热切的希望，总觉得骨肉至亲是我们最坚强的后盾、是我们的退路。但非常不幸，诗中的这位女子在至亲至爱的人那里并没有获得温暖。

她怎么办呢？她并没有就此沉沦，还是很坚强地说：

“威仪棣棣，不可选也。”

无论你们怎么评论，我会保持自己的雍容和娴雅，保持我庄重的气度。就算困难很多，就算没有人可以依靠，我也不会改变我的原则。

你看，到这里就发现这个女子几乎没有退路了，条条路都被封死，她现在只有自己。可是这种坚定的自信和果决，让我们更加地钦佩她。

通过这几句誓言，我们仔细地体味一下，就能发现这个女子也不算是没有选择——如果她愿意低头去做一面镜子，把委屈全都吞下去，去做可以被人任意揉搓的卵石或者是席子，跟随别人的心意改变，那么可能她的困难就会消失，问题都能解决。在那个年代，大部分的女性其实都会选择委曲求全，“忍一忍，退一步”，把家庭生活中的苦涩一点一点地咽下去，这好像就是一个贤良的态度——靠着自己的隐忍和牺牲维持一个看似完满的表象，但这位女子恰恰不愿意这么选择。她心智坚决，很清楚地知道，我和别人是不同的；很清楚地知道，你们想要我做出的选择是我不愿意的。所以她勇敢地面对了不同的质疑，依然守住自己的心意。

这样的心智让我们想到郑板桥的《竹石》：

咬定青山不放松，立根原在破岩中。

千磨万击还坚劲，任尔东西南北风。

不管外界的环境是怎样的，不管别人的眼光是怎么样的，我都要做把命运掌握在自己手里的人。

当然，这个代价也是非常昂贵的。她立定了志向、给自己鼓完劲之后，终于可以说出自己的隐忧了。

忧心悄悄，愠于群小。

觏闵既多，受侮不少。

通过这一段描述，我们发现可能她的婚姻并没有遇到很大的危机，但时不时地总会有一些小刺让她觉得不舒服——受到一些欺负、一些轻视、一些不公平的对待。不要小看这种小小的委屈，每一次扎一下，你的心里就裂开一条缝。这么千万条小细缝累积起来，有一天突然之间碎掉了，那就是会让人胸闷，让人喘不过气来，让人觉得被一根稻草压垮。

所以女子说：

“静言思之，寤辟有摽。”

这里的“辟”和“摽”是捶胸的意思——当我静下来想想这些事，还是难过的，觉得心里堵得慌，要捶胸顿足来给自己顺一顺。短短的两句，其实就能刻画出这个令人心疼的女子所面临的处境和心情。我们说，好的婚姻是点点滴滴的关怀和懂得。如果变成点点滴滴的轻视和不尊重，一段美好的关系就会一步一步走向瓦解，直至覆水难收。

这位女子还说：

“日居月诸，胡迭而微。

心之忧矣，如匪浣衣。”

她说，太阳、月亮交替出现，日子一天天地过去，可为什么我还是看不到光明呢？我的心情就像手中正在洗的这件衣裳一样，被反反复复地揉搓，始终没有舒展的时候。

所以她痛定思痛，最后讲了一句：

“静言思之，不能奋飞。”

她知道，一切的根源都在于自己不能够振翅飞翔，不能够振作起来，她充满了要改变的渴望。这句话其实是她在鼓励自己，要扫清那些忧愁的情绪，要给自己一点力量感，好像下一刻她就能够挣脱束缚，向着她确定的目标飞去。

真能这样吗？我们不知道。但是我们会看到她并没有放弃自己，在最艰难的时刻，她还是要依靠自己。所以，与其说这是一首诗歌，倒不如说这是一篇檄文、一篇自白书。我们可以读到这位女子的痛苦和迷茫，也同样能够感受到她的勇敢和坚韧。在讲究礼法的时代，这样的女子并不多见，所以这首诗很珍贵。它就是在告诉我们：不要被外界的声音动摇，也不要因为没有依靠就失去信心、放弃努力。我们可以忧愁、可以抱怨，但不要忘记坚持做自己。

○絺兮绤兮　凄其以风　我思古人　实获我心

○绿兮衣兮　绿衣黄里　心之忧矣　曷(hé)维其已

○绿兮衣兮　绿衣黄裳(cháng)　心之忧矣　曷维其亡

○绿兮丝兮　女(rǔ)所治兮　我思古(gù)人　俾(bǐ)无訧(yóu)兮

绿衣

邶风·绿衣

“绿衣”，即绿色的衣服。这首诗描写了一个很悲伤的故事：一位男子，他的妻子亡故了，他看到妻子曾经亲手缝制的那件绿衣，想到妻子在的时候对自己的关心，想到他们曾经一起度过的美好时光，不禁悲从中来。

我思古人，实获我心。

古，通“故”，指故去的人。你走了，把我的心也带走了。看懂了这个字，我们就能理解，这是一首悼亡诗。

提到悼亡诗，我们特别熟悉的就是苏轼的那句“十年生死两茫茫，不思量，自难忘”。写这首词，是因为苏轼在梦中又见到了自己的妻子，她在小窗边梳妆。在梦中，妻子依旧是当年的模样，但十年时光已过，自己已经“尘满面，鬓如霜”，即便两个人劈面相逢，恐怕也不认识对方了。在这首词中，我们看到了生离死别，也看到了时光的残忍，所以千百年后我们再读，依然会觉得它和我们的感情同声相应。

这首《绿衣》也是如此。

“绿兮衣兮，绿衣黄里。”

“绿兮衣兮，绿衣黄裳。”

两句都讲的是衣服的样子。衣裳，上衣叫作“衣”，下衣叫作“裳”，诗里的衣裳是黄绿相配的，是妻子做给丈夫穿的。一件衣服，为什么要写得这么详细呢？重点其实在后面两句——

“心之忧矣，曷维其已。”

“心之忧矣，曷维其亡。”

我们之所以能够清楚地知道这件衣服里里外外是什么样子，是因为男主人公在翻来覆去地抚摸这件衣服，凝视着它。只要睹物，便会思人，这件衣服也许让他想起了妻子缝制时的样子，所以他才会抚摸着衣服说，这种忧愁什么时候才能够停止？这份忧愁什么时候才能够忘记？

我们常常讲，时间能够治愈一切。但事实上，一旦再次触碰到熟悉的物件，相关的记忆还是会涌上心头，蕴藏于其中的感情依然会迸发，这就是我们常常说的“回忆杀”。它之所以有杀伤力，就是因为在那段时光里，我们奉献过感情，付出过真心，我们能够感受到我们是被爱着的。就像《绿衣》里的男子说——

“绿兮丝兮，女所治兮。

我思古人，俾无訧兮。”

訧，就是过失。整句话是说，这件绿衣裳的一针一线都是妻子亲手缝的，这细密的针脚，就像她平日里对我点点滴滴的关心和劝导，让我避免了许多的过失。我是那么地依赖和信任自己的妻子，我知道，今天的一切都是妻子和我共同努力得来的，这种从欣赏和信任中生长出来的爱是一种有根基的爱，它怎么能被轻易地忘却呢？

时间为何无法抚平失去的伤痛呢？主要有两个原因：一个是在妻子离去之后，这位男子过得并不好。诗的最后一句：

绨兮绤兮，凄其以风。

我思古人，实获我心。

“绨”就是细葛布，“绤”则是粗葛布。在夏天的时候，我们会穿上“绤”这种凉快的衣服，但现在是什么天气？“凄其以风”，是寒风四起的日子。入秋了，我穿的依然是夏天的衣服，寒风吹过来，这才想起来应该换季了。可是我们开头说的那件绿衣，有外衣、有里衬，它显然是一件厚衣服，所以男子应是在翻找秋衣的时候，突然看见这一件绿衣，睹物思人，想到妻子在世的时候，会把家里打理得井井有条，低头看看自己单薄的衣服，就悲从中来，感到自己的心也随着亡故的爱人离去了。

第二个原因是我们其实不能立刻感受到失去。人在面临亲人死亡的时候，会在巨大的悲痛中形成一种自我保护机制，会逃避这个事实。作家苏童曾经在节目里分享过一篇小说，写父亲去世后的一个清晨，儿子在卫生间看到一把剃须刀，他无意间把剃须刀的盖子打开，发现里面父亲留下的胡茬突然掉了出来，儿子这才突然意识到，这是他所拥有的最后一点属于父亲的东西了。余华听到之后，就说这个细节太厉害了。因为人对失去的感知，往往是滞后于客观事实的，这就叫“当时只道是寻常”，直到突然被某个细节戳中，才真正让人意识到永远地失去了那个人。我们企图逃避的情绪会像个气球一样越吹越大，而细节就是一根针，它是命运在很久之前就埋下的伏笔。在某个看似稀松平常的时刻，在你毫无准备的时候，它突然冲出来把气球扎爆，把一个人从情绪的真空里拉出来，让他能够去哭，去宣泄情绪，去感受当时失去的痛苦。那么我们怎么面对痛苦呢？这首诗里面没有讲，几乎所有的悼亡诗都没有讲，因为这就是一个无解的问题。生离死别是无法挽回的遗憾，我们能做的只有珍惜当下，在你还拥有的时候好好对待，多创造美好的回忆。

我们在《诗经》中会看到很多朴素的关心：天冷了加衣服，天热了摇扇子；亲人在外没有音讯，家里人就关心他能不能吃得饱穿得暖。在这首诗里，为心爱的人做一件针脚细密的绿衣，这种关心方式就深深刻在我们的基因里面，这就是属于我们中国人的“我爱你”。

中国人的感情表达方式非常含蓄，不会去说直白的情话，但是就会做这些琐琐碎碎的小事，这些事就是感情的表达。诗里的男主人公很幸运，他体会到了这一针一线中的爱意，感受到了被爱的幸福，所以他才忘不掉那个美好的人。这种心情其实就是元稹所写的“曾经沧海难为水，除却巫山不是云”，你见过了最深广的海，最为灿烂的云霞，其他的一切都会黯然失色。这种独一无二才是真正的爱，只要你遇到了就再也忘不掉。

○山有榛(zhēn) 隰(xí)有苓(líng) 云谁之思 西方美人 彼美人兮 西方之人兮

○简兮简兮 方将万舞 日之方中 在前上处

○硕人俣俣(yǔ) 公庭万舞 有力如虎 执辔(pèi)如组

○左手执籥(yuè) 右手秉翟(dí) 赫如渥(wò)赭(zhě) 公言锡(cì)爵

邶风·简兮

《邶风·简兮》讲了一个观赏舞蹈表演的场景，就像穿越到唐代，你去看杨玉环跳《霓裳羽衣曲》；在现代，我们去看云门舞。里面的舞者究竟怎么样呢？《简兮》将舞蹈的场景写得非常漂亮。

有一种研究说"简兮"应该是那种打鼓的声音，轰隆隆的，非常有气势。

简兮简兮，方将万舞。

鼓声忽然震天响起，铺天盖地，盛大的舞蹈即将开场，这会让人心潮澎湃。很多民族舞的表演都会用鼓声来开场，听着觉得特别地振奋，而且鼓点和人心跳的节奏非常合拍，所以鼓声就一下子走到人的心里去了。那种充满生命力的热情的节奏会把你瞬间带到一个艺术世界里。"万舞"就是大型的舞蹈场面。

日之方中，在前上处。

烈日当空照，正午的时候，这场大型的舞蹈开始表演了。

一个领舞者站出来，站在最前面。

硕人俣俣，公庭万舞。

“公庭”就是宗庙的厅堂。所以，这是一场在宗庙跳的舞，它具有祭祀的性质。实际上，万舞就是一种起源于商代的舞蹈，它分为文舞和武舞。两种舞蹈的区别主要在于道具：在文舞里，舞者手里拿的是羽毛，看上去轻盈浪漫；在武舞里，舞者拿的是干戚，就是“刑天舞干戚”的干戚，干是盾牌，戚是大斧头。一下子就让人觉得很刚强，显得武力十足。

跳舞的“硕人”，就是高大挺拔的人。这是符合古代人审美标准的，展现了健康且充满了原始的力量感。在这种舞蹈的场面里，不止一个这样的硕人。他们是一排一排、一列一列地站好，一起去跳这盛大的舞蹈。

接着，作者开始写武舞，说：

“有力如虎，执辔如组。”

舞者像猛虎一样非常有力，“执辔如组”就是他握着缰绳，就像拿着丝带一样，灵活轻盈、举重若轻。其实这样的舞蹈场面，我们一点都不陌生。大家还记不记得2008年北京奥运会？开幕式开场的时候，就有一个大型的舞蹈，叫作《击缶而歌》。缶是一种古老的乐器，2008名舞者扮成古代武士的样子，列阵整齐、高声呐喊，一边击鼓，一边跳舞。这些舞者都是从部队选调的解放军战士，身高都在一米八以上。英俊又魁梧的人们聚在一起跳舞，就是硕人的舞蹈，确实是英姿勃发，很有气势。

文舞又是什么样呢？

左手执籥，右手秉翟。

舞者左手拿着“籥”，右手拿着“翟”。这个“籥”也是一种乐器，它的形象和笛子非常相似。翟，就是野鸡的尾羽，色彩斑斓，非常好看。文舞的这种文雅和绚烂，一下子就展现出来了。

接下来的一句：

赫如渥赭，公言锡爵。

“赫”就是火红的颜色，“渥赭”是红色的颜料。“爵”不是爵位，是一种酒器、酒杯，我们可以在很多博物馆看到。这个时候舞者已经跳了很长时间的舞了，他们的脸色因为运动显得红润又有光泽，真是生命力旺盛的模样。再搭配上他们美丽的舞姿，观看的公侯们如痴如醉，连连表示要把美酒赐给这些舞者，感谢他们带来的表演。

但是在舞蹈的现场，不是只有一群公侯在欣赏舞者。

山有榛，隰有苓。

“榛”就是榛子树，其果实就是我们现在吃的榛子。“隰”，就是低湿的地方，它和前面的“山”刚好对应起来。“苓”，是一种在湿地里生长的草药。这句话就是说在那高高的山上，有榛子树在自由地生长；而那低洼的湿地里，也长着一些药草。把这两个东西放在一起，要表达什么呢？这不是在讲跳舞吗？怎么说起高山跟湿地来了？

《诗经》中常常有这样的表达，说山有什么什么，隰有什么什么，比如“山有扶苏，隰有荷华”。这个句式其实是一个固定的用法。在《周易》里,“山”代表的是男子，而“泽”代表的就是女子。男子伟岸如山，女子美丽如水。《淮南子》也说:“山气多男，泽气多女。”这个“泽”和“隰”是同义的。所以这个句式就是在委婉地表达男女之间产生的爱情。

在《简兮》中也是一样，“山”靠近天，靠近太阳，所以它象征着阳；“隰”靠近地，又有很多水汽蒸腾，所以它象征着阴。而榛这种树木和苓这种草药，就是在阴阳两种气息中化生出来的。大山和湿地对应，榛和苓对应，就是一种男女爱慕之情的隐语。这句话要表达的意思就是：跳舞的硕人，你是山上的榛树，你高大伟岸、坚不可摧；我就是那湿地里生长出来的药草。当然不是说我从低处仰望你，而是说我和你不一样，我的模样是柔软和美丽的。我有我的价值，我可以治愈疾病，我们都是天地之灵，非常般配。所以我现在含情脉脉地看着你。

接下来这个女子又说了：

“云谁之思，西方美人。

彼美人兮，西方之人兮。”

我想念的是谁？是西方的美人。而面前这个英俊的男子，他就是从西方而来的。“美人”这个词在《诗经》里，其实没有性别的差异。它是一个中性词，可以形容男人，也可以形容女人。只要是好看的，都可以称为“美人”，不辨雌雄。西方指的就是西周的都城镐京一带。这里可能是在说：这个美人就是专门从西方而来参与这场祭祀的舞蹈。他跳完了舞可能就要回去了，所以他让人既有陌生感，又有距离感，这种神秘的身份也让他显得更加有魅力。

这首诗的情感维度很丰富，它先是讲舞蹈的场面，从非常客观的角度去讲，说："这些舞者长得真好，跳得也真好，充满了力量美。"接着视角转换了，从一个群体的、客观的角度变成了个体的、主观的角度。我们从一个少女的眼中感受到了她眼里的那一位舞者是什么样的。她对这个人产生了爱慕之情，这就让舞者美好的形象更加生动和立体了。《简兮》中体现的力量美，让我们看到我们的文化不仅崇尚文雅，也十分崇尚英武之气。这种力量美带来的感染力，一直到今天都在影响着我们的审美。

○毖彼泉水 亦流于淇 有怀于卫
靡日不思 娈彼诸姬 聊与之谋
○出宿于泲(jǐ) 饮饯(jiàn)于祢(nǐ) 女子有行(xíng)
远父母兄弟 问我诸姑 遂及伯姊
○出宿于干 饮饯于言 载脂载舝(xiá)
还(huán)车言迈 遄(chuán)臻(zhēn)于卫 不瑕有害

○我思肥泉　兹之永叹　思须与漕
我心悠悠　驾言出游　以写（xiè）我忧

邶风·泉水

《邶风·泉水》这首诗写的是一个卫国的贵族女子，她嫁给了别的国家的诸侯，但远嫁之后，她看着故乡的河流，就产生了思乡之情。她要怎么来表达这种情感呢？大家都知道李白有一句诗写“抽刀断水水更流，举杯销愁愁更愁”，说的就是心中的愁绪像流水一样不能够割断，也无法停止，这实在是一个很精妙的比喻。《泉水》中的这个女孩子，她的愁绪也是这样。

我们来看第一段：

毖彼泉水，亦流于淇。

有怀于卫，靡日不思。

“毖”就是泉水不断流淌的样子。这个“泉水”不是泛指，它就是这条水流的名字，也叫作“肥泉”。“淇”，就是淇水，在《诗经》中出现了很多次，它就像卫国的母亲河一样。

这是在讲，这不断涌出的肥泉水，最终还是要流向卫国的淇水里；而我绵绵不断的思念，总归要飞向家乡。

这是有方向的感情，目标明确。“我”有多怀念卫国呢？

没有一天不在想念。这个女孩子为什么要嫁得那么远呢？因为她是公族之女。我们现代人可能对当年的贵族生活很难理解，一国之君的族人叫作公族，所以她是国君的姐妹、女儿或者侄女。有一种说法是，这个女孩子是卫惠公的侄女，叫许穆夫人。她嫁到了许国成为许穆公的妻子，但无论她是谁，她的政治身份都是第一位的，婚姻是为了巩固两个国家，作为外交关系的工具，这也注定了她远嫁的命运。

远离故土和亲人的悲伤，她能够跟谁说呢？

娈彼诸姬，聊与之谋。

卫国的国君姓姬，所以这里的“诸姬”，指的就是卫国的同姓之女，她要去找那些一同嫁来的卫国姐妹们聊天，就像加入同乡会。那小姐妹们聊什么呢？内心的苦闷、对家乡的思念，只有家乡人才能够理解她，跟她心意相通。

这个女孩希望姐妹们能够给自己出个主意，想条妙计消解掉心中的苦闷，但她也明白，可能什么办法都于事无补，所以才会说“聊与之谋”，“聊”就是姑且的意思。算了吧，忍了吧，没办法，姑且和姐妹们聊聊吧，这样也许有点帮助。女孩对家乡的思念，就像周邦彦在《玉楼春》中写到的那句“情似雨余粘地絮”，我的思念之情，像雨后粘在地上的柳絮一样，始终萦绕在心头，铲也铲不走，吹也吹不走，踢也踢不走，根本无法排遣。

接下来，女子说，想到当年她们一起嫁过来的时候：

出宿于泲，饮饯于祢。

女子有行，远父母兄弟。

这两句比较好理解，就是描述当初分别的情景：出嫁的路很遥远，我们中途在“泲”这个地方休息，在“祢”这个地方告别；如今春秋更替，岁月流逝，我也无法得知家中父母兄弟的近况，这让自己牵肠挂肚，所以想回娘家看一看这种省亲的念头就更加强烈。

第一句很有意思，将女子在嫁过来的路上分别于两个地方借宿一夜的事写得很具体。有必要讲这么具体吗？我们小时候都学过《木兰辞》，里面有这么一段：“旦辞爷娘去，暮宿黄河边。不闻爷娘唤女声，但闻黄河流水鸣溅溅。旦辞黄河去，暮至黑山头。不闻爷娘唤女声，但闻燕山胡骑鸣啾啾。”其实也是这种写法。这不是真的要交代“我”去到哪里，住在哪里，然后过了几夜；这是要形成一种推进的感觉，就是“我”一步一步地离故乡远了。

这个远嫁的卫国女子没有办法回头了，所以她就跟姐妹们聊，说我们来的时候怎么来，住在哪儿，在哪儿吃饭，当时发生了什么，好像提到这一切，就能够回忆起故乡的景色。

接下来这个女子就开始想象了——

出宿于干，饮饯于言。

载脂载舝，还车言迈。

女子在规划，说如果我们想要回去，那回卫国这个路线，应该是这样的。反正回不去，想象一下还不行吗？先在一个叫“干”的地方休息，接下来到了一个叫“言”的地方，就可以宴饮了，给车轴上点油，把车上的金属件紧一紧。这多具体、多详细，如果不是回乡心切，一遍一遍地沙盘推演，怎么会考虑得这么周全？

就在这些细节的想象中，她们好像真的已经回到家了，好像明天这个心愿就能实现了，这就是深情。这首诗写到这里都是虚景，可是虚景里写尽了深情，女孩子们一问一答，实际上没走出家门半步，但她们却煞有介事，以假当真。

这样的写法，后来诗圣杜甫也用过。杜甫有一首诗，叫作《闻官军收河南河北》，就是安史之乱结束的时候，杜甫正在四川过着漂泊的生活，困苦交加，他听到“胜利了”这个消息到来是什么反应呢？叫“漫卷诗书喜欲狂”，“即从巴峡穿巫峡，便下襄阳向洛阳”。马上收拾行李，乘着船从四川出发，经过湖北，再到洛阳——但这都是杜甫想象中发生的，那个时候身体还没出发，心已经飞回故乡了。

既然回家这么有盼头，路线都想好了，那不是应该越聊越开心吗？怎么最后一段，好像情绪突然就改变了，开头就说：

“我思肥泉，兹之永叹。

思须与漕，我心悠悠。”

我想到卫国的肥泉，就忍不住要叹气了，想到须城和漕邑，就觉得心中忧伤。

为什么呢？因为现实中的这个女子，她是回不去的。这一场政治的联姻，把她禁锢在了这个地方；她的一举一动，都会影响到两国的关系。所以聊天、想象和现实，这三者之间落差太大了，想象中越是美好，现实中就越觉得沮丧。这个女子是清醒和理智的，没有让自己一直沉浸在幻想之中，这份清醒引发了悲伤。

所以我们看到，这首诗的最后一句说：

“驾言出游，以写我忧。”

这种忧伤，已经超出我能够承受的强度了，我不能再待在这里了，我要转换一下情绪。怎么办呢？出门去散散心吧。

这一句很直白，这个问题我一时解决不了，那能不能先搁置呢？先让自己喘口气，舒服一会儿，到广阔的天地间去放松一下，得到安慰。

有时候遇到眼前无法解决的问题，摆脱不了的困境，我们可以向这个女子学习一下，不要困在其中，不要永远沉溺其中，去散散心，世界这么大，去看一看，也许就可以更好地面对了。

○王事敦我　政事一埤遗(wèi)我　我
入自外　室人交遍摧我　已焉哉
天实为之　谓之何哉

○出自北门　忧心殷殷　终窭(jù)且贫　莫知我艰　已焉哉　天实为之　谓之何哉

○王事适(zhì)我　政事一埤(bǐ)益我　我入自外　室人交遍谪(zhé)我　已焉哉　天实为之　谓之何哉

邶风·北门

《世说新语》里有个小故事，说有个叫李充的人，常感慨自己得不到提拔，抑郁不得志。扬州刺史知道后就问他："你能不能去管一个只有百里的地方？"李充说："看来我的北门之叹被你听到了，我现在就像一个无路可走的猿猴，怎么还能去挑选傍哪棵树呢？"后来他果然就去做了一个县令。这里出现了一个词，叫作"北门之叹"，人们引用它来形容怀才不遇的感慨。

北门，追溯出处，是出自《诗经·邶风·北门》。这首诗仿佛就是一个即时的全景镜头，非常有画面感。简单来说，它讲了这样一件事：

一个小公务员下班了，从宫门出来，满面愁容，叹息道："我的生活太艰难了！在外面，王事丢给我，政事也塞给我。回到家，家人要嘲讽我，既然已经这样，老天要这么安排，我能怎么办呢？"说完这一番话，他可能还会再望望天，叹一口气，然后默默地踏上回家的路。

这就是中年人的生活呀！处处都是心不甘情不愿的疲

倦。现代的人很容易跟这个故事共情，也很理解这种想法；别人看起来你风光无限，但其实你默默咽下了生活的重锤。

窭，《仓颉篇》言：“无财曰贫，无财备礼曰窭。”古人对于礼数是很看重的，但要讲礼数，就需要一定的物质基础来支撑，所以“仓廪实而知礼节，衣食足而知荣辱”。一方面是因为温饱是人第一位的问题，首先要吃饱喝足，要穿暖，这样才有基本的安全感。另一方面是因为财力雄厚，才能完成很多复杂的礼仪程序，所以“富而好礼”。一个经济上没有那么多忧愁的人，其实他是比较放松的。

在古代，祭祀中所要使用的容器分得非常细，如璧、琮、珪、璋、琥、璜等玉器，而且有一些品格规制要求特别高。它们是昂贵且稀有的，不是一般人能够用得到的。偏偏这个公务员他是在宫里上班，所以他见多了大场面，礼仪自然在他的心目中是有一定分量的，但能不能做到取决于他的经济状况。

他的经济状况怎么样呢？就是贫，光鲜亮丽的身份下，他面临的是物质和精神的双重困境，不仅贫穷，而且困窘。所以他说：

“莫知我艰。”

谁能够知道我这个面子下面的里子有多艰辛呢？这就是这个小公务员的第一重忧愁。可是生活的愁苦固然已经让人很窘迫，但比这更难受的是不被人理解。所谓“千古苦恨唯己知”，讲的就是这个道理。我都这么愁苦了，可是只有我自己知道，别人都不能够理解，甚至会嘲笑我。

为什么他不被人理解？

“王事适我，政事一埤益我。”

这就是这个小公务员的工作内容。他说王事和政事都是他头上的大山。王事指的是周王朝分派给诸侯国的事务，就是中央的指令；政事就是指诸侯国自己内部的事务，比如你在一个地方做官，地方还有自己的任务。所以这个主人公每天的工作量是非常大的。工作量这么大，是否意味着这个人很重要，地位很高，能力很强，是一个潜力股呢？很可惜，不一定。

从这首诗的表述方式我们就可以看出：不是我要做王事和政事，而是这个王事和政事要“适我”，要“埤益我”。如果是“我”主动地选择，那么就说明“我”能力很强，“我”要扛事，但是这一系列的词都表达了一个处境，叫作“被动承担”。

先看王事，这个“适我”的“适”字，通“投掷”的“掷”。可见是有人把这个事儿扔给了他，甩给了他，这都不是他主动要承担的。这样的工作很可能吃力不讨好，也很可能繁琐、冗长，还有可能是根本无法完成的任务，所以大家都不愿意做。但是“我”地位低，别人都不愿意做，只好“我”来背锅。再说政事，“埤”表使动，又有“厚”的意思，“益”是加给，“遗”是赠送，也就是说这些事简直堆积如山，越来越多。这就是小公务员的第二重忧愁。

在这里我们可以看出，一份称心如意的工作，其实自古以来都没那么容易找。找一份工作，要钱多事少离家近，其实从古至今都是妄想。如果有的选，你可以选择薪资高的工作，让你生活得很富足，也可以选择热爱的工作，让你生活得开心。但是没得选呢？也要理解自己的辛苦，先要脚踏实地地养活自己，不要陷入情绪的牢笼。

《桃夭》里面有一句说“之子于归，宜其室家”，讲的就是家庭。这里的“家”指的是丈夫，“室”就是妻子。《左传》中也提到，说:“女有家，男有室。无相渎也，谓之有礼。”意思是说女子嫁了一个夫婿，男子娶了妻子，就不能够轻慢对方，这才叫作有礼。

对照来看，这个小公务员的家庭生活是怎么样的呢？他说:“我入自外，室人交遍谪我；我入自外，室人交遍摧我。”这里的“室人”就是他的妻子，我们可以理解为家人。“谪”就是谴责，“摧”就是打击，而且是交替着的。一会儿谴责他，一会儿打击他，一遍一遍地这样做。可见不仅仅是他的同僚和上司并不认可他的价值，家人也并不理解他的处境，认为他能力低，所以他也没办法在家中得到安慰。这就是他第三重的忧愁。

整首诗用了九个“我”，你就知道这个人的情绪已经被心中的沉重炸出来了，拉长了声音叹气，说着一重又一重的忧愁，让我们也觉得头皮发麻。一切都在向前，只有我落在后面，只有我拖着后腿，只有我奋力划水，最终却回到了原处。就像卡夫卡说的那样："似乎一切都在粉碎我。"那么这个小公务员应该怎么办呢？他有没有出路呢？每一段的末尾都会重复这一句：

已焉哉，天实为之，谓之何哉？

意思就是说："既然已经如此了，老天要这样安排，我能怎么办呢？"我实在抗不过这些命运，我实在觉得生活的重锤压力很大，可是怎么办呢？只能算了，这种中年人的算了，是妥协之余聊以自慰，是把自己的情绪整理一下，然后懂事地崩溃，沉默地哭一回、沮丧一下，叹口气，最后还得假装完好，一切如常。

这就是一个人无力改变的境况，放在现代也是如此。现实很骨感，理想很丰满。在这种冲突中，我们当然可以愤怒，因为命运不公，生活的重担几乎要把我压垮，好多经典都是在描述这样的处境。我们可以痛苦，因为不愿意这样生活，我们也可以反抗，这个时候有任何情绪和反应都非常正常。但很重要的一点是，这首诗提醒我们一定要让自己的情绪有个出口，只有那个出口找到了，我们才有治愈自己的机会。

孔子说："不患人之不己知，患不知人也。"每一个人都有可能遭遇诗中这位打工人的境况，觉得被别人"卷"到了，觉得没有那么开心。这个时候去理解《北门》，其实就是理解诗里的人和站在诗外的自己。

○静女其姝(shū)　俟(sì)我于城隅(yú)　爱而不见　搔首踟(chí)蹰(chú)

○静女其娈　贻我彤(tóng)管　彤管有炜(wěi)　说(yuè)怿(yì)女(rǔ)美

○自牧归荑(tí)　洵美且异　匪(fěi)女(rǔ)之为美　美人之贻

邶风·静女

我们都读过辛弃疾写下的千古名句：

众里寻他千百度，

蓦然回首，那人却在灯火阑珊处。

这句话讲的是在元宵节时，街上熙熙攘攘、车水马龙，到处都是美丽的花灯。我在人群中寻找自己的心上人，找了很久都没有找到，心里就有点焦急。忽然一回头，发现那个美好的女子，静静地伫立在灯火稀疏的地方。想象一下，会很有画面感。蓦然回首，中意的女孩就在你的面前，她的身上、脸上是灯火流动的光影。是不是非常美？

《静女》讲的就是这样一个美丽的故事。

“静女”的这个“静”字，在古代是娴静美好的意思，指的是兼具容貌和品行的美好。

静女其姝，俟我于城隅。

就是指一个美丽的淑女，她亭亭玉立，我们约好要相会在城隅。有人说“城隅”是指城上的角楼，我们可以理解成某个角落，这就是辛弃疾词中的“灯火阑珊处”。

可是，当这个男孩子到了以后，东张西望，却没有找到自己的心上人。

爱而不见，搔首踟蹰。

这里的“爱”是通假字，也就是隐藏和躲藏的意思。这个女孩子其实已经到了，但是偏偏躲起来不肯见他，看着这个男孩子急得抓耳挠腮。这个场景很容易唤醒我们对于初恋的记忆，那个时候懵懂青涩，容易冲动，特别急切地想要确定自己跟对方是不是心意相通。这个女孩子躲起来了。是因为不喜欢这个男孩吗？

后面说：

“贻我彤管。”

这个女孩子送了一根彤管给男孩子。彤管就是一根红色的管子，有人说是乐器，有人说是一个有着红杆子的笔，但无论它是一个什么东西，都是定情信物。这也说明，两个人是彼此有情的，那既然有情，为什么要躲起来呢？

这里面涉及一个文化习惯，是约会的规矩。一般来说约会的时候，年纪轻的人要比年纪大的人先到，主人要比客人先到，男生要比女生先到，这是一种礼节。举一个例子，有个叫作黄石公的老人，他很欣赏著名的谋士张良，约张良早晨在桥上等他，说：“我有一个礼物要送给你。”结果张良准时到了，却发现那个老人比他来得早。黄石公就表现出很生气的样子，拂袖而去，认为张良不够尊重自己。所以他们又约了一回，结果张良来得还是比黄石公要晚。第三次，张良半夜就到那里去等，天蒙蒙亮的时候，就看见黄石公来了。

这一下黄石公很高兴，就把礼物送给张良。这个礼物分量很重，就是传说中姜子牙写的《太公兵法》。正是因为有了这部兵法，张良才能够运筹帷幄，决胜于千里之外，最终辅佐刘邦建立了大汉王朝。《诗经》中其实已经订立好了后人约会的规矩，即到得早是为了表达诚意，而遵守这种礼节，甚至能够影响到一个人一生的命运。

回到《静女》这首诗中，为什么这个女孩子躲起来，原因也许有很多。比如她在考验这个男生：我要迟到一会儿，看看你有没有耐心等我，值不值得我去付出。也许她是不想让他们的约会，被其他的人发现，需要观察一下周围的环境是否安全。但更大的可能性是女孩子出于活泼可爱的天性躲了起来，想要突然跳出来，捉弄一下这个男孩。代入一下，如果你就是这个初恋中的女孩子，会不会想在约会的时候躲起来，看看对方的反应呢？我们能感受到这个女孩子性格中活泼、天真和娇憨的一面，也能感受到她的自然和生动。她跟这个男孩子很亲密，不是那种只能远观的画中仙，也不是可望不可即的神女。她有一种颇具生命力的表达，不是直白的“我爱你”，而是身体语言上自然流露出来的亲昵，这就是“静女”表达好感的方式。

那这个男孩子是什么反应呢？先看第一章，到了约会地点找不到心上人，他说自己是“搔首踟蹰”就是一会儿挠挠头，一会儿焦急地踱步，走来走去，可见他真的很急切，想要见到心上的人，这是可爱的反应。接下来他收到了女孩子的礼物——彤管，便说：

“彤管有炜，说怿女美。”

就是说这个彤管有着明亮的光泽，非常漂亮，我得到这个礼物觉得很高兴。他收到了礼物就要赞美送礼的人，要表达自己喜悦的心情。这个礼物是你送给我的，而且因为你懂我，精心挑选了这个礼物，一下子送到了我的心坎上。礼物就是心意的表达，而这个心意如此正中下怀，就说明两个人是情投意合的。

再看最后一章，说：

“自牧归荑，洵美且异。”

这个女孩子去郊外，采摘了荑草送给男孩子。荑草就是一种柔软的白茅，有点像芦花。手如柔荑，就是指洁白的手，美好得像柔软的白茅一样。这个白茅草其实比较普通，但是在男孩子的眼里却洵美且异，非常美丽，还很珍奇。这不是矛盾吗？其实是因为白茅在古代有一种特别的含义，它是可以作为定情信物来理解的，它直通婚姻。男孩子显然领会到了这一束白茅草中的深意，所以他紧接着说：

“匪女之为美，美人之贻。”

很明确地表示，不是这束白茅草有多么美，而是因为送这束茅草给我的人那么美。他就是在回应女孩子的心意，告诉她：“我懂了，我的心里只有你，你放心。”

这是一首非常美好的诗。它讲的是少男少女活泼调皮的初恋，两个人情窦初开，但是干干净净，没有情欲的部分，只是很纯粹地把那种精神上的心意相通表达了出来。就像《红楼梦》里林黛玉跟贾宝玉少年时候的情切切、意绵绵，整个画面干净而透明。那一束抱在怀里的荑草，就像陆凯诗里那句："江南无所有，聊赠一枝春。"你看，我送你什么呢？一整个春天，这是精神层面的。所以你一旦明白了我的心意，你就能够充满喜悦地回应我，而最好的回应就是一句："春风十里不如你。"

新台

○新台有泚（cǐ） 河水瀰瀰（mǐ） 燕婉之求 籧（qú）篨（chú）不鲜

○新台有洒（cuǐ） 河水浼浼（měi） 燕婉之求 籧篨不殄（tiǎn）

○鱼网之设 鸿则离（lì）之 燕婉之求 得此戚施

邶风·新台

《新台》出自《邶风》。在邶国的东边就是卫国，后来邶国是被卫国灭掉的，所以《邶风》也收录了一些卫国的故事，这就是文化的交融。

我们都知道，《诗经》有教化的作用。所谓教化，总是上位者对下位者灌输得比较多，但《诗经》却不是这样的，它里面还有很多“反其道而行之”的篇章。执政者用诗来教化民众的同时，民众也会写诗来讽刺执政者，起到监督的作用，这就是所谓的“上以风化下，下以风刺上”，这首《新台》就是一个刺上的作品。

北魏的郦道元在他那本鼎鼎大名的《水经注》里面就写到过：新台建在黄河边上，它的地基高数丈，看上去非常宏伟。魏晋时期的一丈大概是两米四，可见，新台的一个地基至少有五六米高了，这个建筑的本体，放在当时，人们切身靠近它，是会被它的恢宏和气派所震慑的。

卫国是个小国，要完成这么大型的土木工程，会耗费很多的人力、物力和财力，在当时的民众看来，这就叫“劳民伤财”，怎么都不划算。为什么要建造这个宏伟的新台呢？因为齐僖公之女宣姜要嫁到卫国来，所以它是一个面子工程。

新台有泚，河水瀰瀰。

燕婉之求，蘧篨不鲜。

“燕婉”指的是温柔美好的女子，“蘧篨”这两个字看上去就是一坨，它是指癞蛤蟆一类的东西，也有一种说法是形容身材臃肿。肿到什么地步呢？就是连腰都弯不下去的人。总之就是形容他很丑陋。卫国这个地方如此明亮和辉煌，河水浩浩荡荡绕着它流淌，新台这个建筑是为了欢迎一个美丽少女的到来。她来到卫国，本想嫁一个如意的郎君，最后却跟一个癞蛤蟆一样的男人结了婚，听起来非常悲惨。诗中的这个女子就是宣姜，一个美人；丑蛤蟆，意寓卫宣公。

卫宣公真的这么丑吗？肯定不是这样，就算人家样貌欠佳一点，好歹也是一国之君，不会难看到这个地步。为何民众会这样嘲讽他呢？因为民众不喜欢他。卫宣公不仅上了年纪，身体衰弱，相貌并不那么好看，他还在这个年龄娶宣姜，这件事儿并不顺理成章。

本来两国联姻，宣姜要嫁的是一个门当户对的好儿男，就是卫宣公的儿子，公子伋。因为宣姜长得太美了，所以卫宣公就怦然心动，把这个美人截留下来，占为己有。所以你看，这是一桩丑闻。宣姜的父亲齐熙公虽然很生气，但是想到自己从此就是卫国国君的丈人，也就算了，他牺牲了女儿的幸福。这件事流传开来，卫国的民众们就不买账了，大家在那里纷纷八卦，觉得这个事想一想就很不体面，于是写了这种诗来讽刺卫宣公的丑陋行径。

在接下来的一段中，大家继续嘲讽卫宣公：

新台有洒，河水浼浼。

燕婉之求，籧篨不殄。

什么意思呢？和第一段很类似。民众对宣姜有一种深深的同情——这么美这么好的姑娘，要嫁的竟然是那么老那么丑的一个男人，真是太糟蹋了！你是卫宣公又怎样呢？女子依然是悲伤的。而这个卫宣公身为国君，竟然做出这么无耻的事情，真的是把国家的脸都丢尽了。这就让我们想到《红楼梦》里面，有一段是在写秦可卿——一个近乎完美的女子，兼有黛玉和宝钗的美，上上下下的人都念着她的好，说她“风流得体”。可是，这样的一个秦可卿，最后也只是红颜薄命。

最后一段有一个很有意思的比喻——

鱼网之设，鸿则离之。

燕婉之求，得此戚施。

“鸿则”和“戚施”，意思相近，都是指癞蛤蟆一类丑陋的东西。把渔网拉好，在这里等着，以为能够捕到一条大鱼，结果网到的却是一个癞蛤蟆——这是在暗戳戳地嘲讽。

所以这首诗它看上去是在写：由于一桩婚姻，这里建造了宏伟的新台，多么高大和辉煌。但其实细读下来我们就理解，它是在反衬卫宣公的阴暗龌龊和卑鄙无耻：你修建的新台这么漂亮，可是你做出来的事情却如此丑恶。

肯定也会有人讲：这是不是太毒舌了？难道卫宣公不认识字吗？他看了这首诗就不生气吗？谁又能说，宣姜嫁给卫宣公就一定不幸福？想一想杨贵妃和唐玄宗的关系，虽然年龄相差也很大，但人家在七月七日的时候也依偎在一起指天发誓，也留下了爱情的绝唱，听起来情意绵绵。对于这些质疑，我们再细细地梳理一下，就会发现其实已经有答案了。

在《新台》之后还有一首诗，叫作《二子乘舟》，这首诗非常短，只有两行：

二子乘舟，泛泛其景。愿言思子，中心养养。

二子乘舟，泛泛其逝。愿言思子，不瑕有害。

这首诗描述的是一个送别的场景：送别的人看着乘船远去的人，既担忧又牵挂。所谓的“二子”，一个就是宣姜本来要嫁的公子伋，另一个就是宣姜嫁给卫宣公之后生的孩子公子寿。

根据这个情景，我们来追溯一下历史。卫宣公和宣姜后来真的一起生活了很长一段时间，他们还生了两个儿子，大的叫作公子寿，小的叫公子朔。公子寿心地善良，和自己的大哥公子伋关系很好，他可能开始并不知道这个公子伋差一点就娶了自己的母亲；小儿叫公子朔，心理非常阴暗，常和母亲宣姜一起在卫宣公面前说公子伋的坏话，所以卫宣公就对公子伋有了一些忌惮。他派公子伋出使齐国，然后让手下的亲信扮作强盗埋伏在路上，想要暗中杀掉自己的这个儿子。

这个消息被公子寿知道了。他跟哥哥感情很好，提前把消息透露给了公子伋，然后劝哥哥逃跑。可是公子伋怎么说呢？他说，君父的命令不能违背，我不逃。这个不是迂腐，他有他要坚守的品格：哪怕你错了，但在当时的这个道德伦理下，我依然要听从你的命令，这叫作“规则”。

可公子寿舍不得，他一着急就想出一个办法，把大哥灌醉，然后拿了公子伋的符节，顶替哥哥出使。结果那个埋伏的人以为来的这个就是公子伋，就把他杀掉了。这个弟弟是被误杀的。公子伋醒来之后一路追赶，到了公子寿被杀害的地方，对那个杀手说：“国君的命令是杀我，寿有何罪？”可是现在一切都无法挽回了，他看到弟弟已经死去，非常悲痛，说：“请你们把我也杀了吧！”杀手就把公子伋也杀了。

在这个故事里面，没有一个人是幸福的。卫宣公抢了儿子的新娘，所以忌惮、疏远儿子，担心将来被报复；儿子得不到父亲的信任，痛苦挣扎，又因为要守住心中的那所谓的“规则”，间接导致了跟自己感情很深的弟弟蒙难；宣姜呢？她对婚姻的美好期待破灭了，卷入了权力的斗争，逐渐“黑化”，最后自己心爱的人、重要的人一个一个地离去。

他们都是这个时代的掌权者，站在一个国家的权力顶端，但依然没有办法得到幸福。因为权力滋生的欲望只会无限地扩张下去，让人在黑洞里不断沉沦，直至毁灭。卫宣公的丑恶，暴露了统治者的虚伪和无耻。他们要求百姓遵守礼教，自己却寡廉鲜耻；他们要求百姓循规蹈矩，自己却肆无忌惮、为所欲为。

是说帝王家不好吗？帝王家样样都好，可是帝王家鲜有爱，缺乏正常的感情。为了权力和欲望，即便是父子相残、兄弟相杀也在所不惜。而被帝王强占的那些女子呢？她们明明是受害者，却往往要背上“红颜祸水”的骂名。比如宣姜长得美，竟然成为她的原罪，也导致她一步一步地在深渊中走向毁灭。

其实在我们流传下来的诗词中，有很多人是反对“红颜祸水”这个说法的。比如五代十国的时候，后蜀向北宋投降，亡国之君叫作孟昶，他有一个宠妃，花蕊夫人——就是那个“冰肌玉骨，自清凉无汗”的美人，在投降的时候，她写了一首诗：

君王城上竖降旗，妾在深宫那得知。

十四万人齐解甲，更无一个是男儿。

做君王的奢侈无度，非常昏庸，最后只能把国家拱手相让，导致黎民百姓颠沛流离；但是做士兵的呢？在这个时候，十四万男儿丢盔卸甲，举手投降，没有一个敢和敌军一战，保家卫国。此刻国家亡了，你们推卸责任，就把“红颜祸水”的帽子扣在我的头上，可是我身为深宫里的一个小女子，怎么会得知前庭发生的事呢？这也许是花蕊夫人的悲愤之作，也许是后人假借花蕊夫人讲出了一个观点。

对照来看《新台》，我们会发现一种很奇妙的心理——百姓骂卫宣公“癞蛤蟆想吃天鹅肉”，也因此对宣姜有一种深深的同情，没有因卫宣公父子失和等一幕幕悲剧上演而怪罪“天鹅太美丽”。这才是来自民间最朴素的同情、最真挚的理解。

○泛彼柏舟　在彼中河　髧dàn彼两髦máo　实维我仪　之死矢靡它　母也天只　不谅人只

○泛彼柏舟　在彼河侧　髧彼两髦　实维我特　之死矢靡慝tè　母也天只　不谅人只

鄘风·柏舟

我们之前讲过一篇《柏舟》，它是出自《邶风》里的，里面有两个很出名的句子：

“我心匪石，不可转也。我心匪席，不可卷也。”

而我们今天要讲的这篇《柏舟》，它是出自《鄘风》。

《诗经》中有一些篇目，它们的标题都是一样的，因为大多数的篇目是从每首诗的第一句中选两到三个字来命名，有个别篇目也用四个字作篇名。如果第一句无法体现整首诗的主旨，才会去别的句子里选字。所以，这两首《柏舟》的第一句是一模一样的，都叫作“泛彼柏舟”，诗的内容也都是围绕着“柏舟”这个意象展开的。

为什么要讲这一首呢？因为两首的内容还是有很大的差异。我们先来说说“柏舟”代表着什么，闻一多先生认为“舟”就是女子用来比喻自己的。小船飘荡在水里，很像古时候的女子，无依无靠、身世飘零，有些忧愁的样子，这两首《柏舟》讲的都是女子心中的隐痛。

我们先来看《鄘风·柏舟》的第一段：

泛彼柏舟，在彼中河。

柏木做成的小舟，在河面上浮浮沉沉、四处飘荡。

髧彼两髦，实维我仪。

“髧”就是头发垂下来的样子,“髦”就是齐眉长的头发。这都是当时未成年男子的发型。古代男子在二十岁的时候要举行冠礼，就是把垂下的头发束起来，再戴上帽子，表示这个男子成年了，可以承担生活的责任和国家的重担了。在此之前，男子都是披着头发的。额前的头发长到眉毛，就往两边梳，叫作“两髦”。“仪”就是心仪，指心上人，想要的配偶。这句话讲得很直白：“我的心上人是很确定的，就是那个还没把头发梳起来的少年。”这是一个勇敢的、早恋的女孩子。

下面这句就更勇敢、更直接了：

之死矢靡它。

这个“矢”是发誓的意思,“靡它”指无他，没有二心，就是我心里只有你，一心一意。到第二段，写的是“之死矢靡慝”，其实是一个意思。“慝”是改变，“靡慝”就是不改变。同样是非常坚定、非常决绝的，就是我认定了这个人，哪怕到死我也不改变心意，绝无二心。

你看过《还珠格格》吗？剧中的紫薇是个大家闺秀，琴棋书画样样精通。她和心上人尔康就有一句爱情誓言，你看这读过书的人会怎么说呢？她说：“山无棱，天地合，乃敢与君绝。”爱情是轰轰烈烈的，冬天打雷，夏天下雪，这太稀罕了，除非是这样我才会跟你分开，其实就算这样，我也不愿意跟你分开。她表达了自己的心意，不顾世俗眼光的反对，不听别人的劝，坚定地要跟你站在一起。

其实这句爱情誓言，也不是紫薇的原创，它出自汉乐府的一首诗，叫作《上邪》，原文很动人：

上邪

我欲与君相知，长命无绝衰。

山无陵，江水为竭，

冬雷震震，夏雨雪，

天地合，乃敢与君绝。

一个女子在指天发誓，要跟她的爱人一直相爱到永远。除非是高山变成平地，江水全部枯竭。冬天打起雷，夏天下起雪，天和地合在一起了，我才会和你分离。这在婚姻无法自主的古代，是很特立独行的，但也恰恰是因为在这样的环境中，这个女子还要保持自己的勇气，和爱人坚守在一起，就格外令人佩服。

《上邪》属于汉短铙歌，据说是从北狄传入中原的军乐，所以也会有人推测，说这样一位态度决绝、性格刚毅的女子，跟我们印象中柔顺的传统女性一点都不像。她可能会有一点北方游牧民族的血统。其实早在《诗经》中，就已经出现过这样的女子。比如这首《柏舟》，这个女子就在反复说着：

“之死矢靡它。”

“之死矢靡慝。”

这个女孩不就是那个心意很坚决的女子吗？她呐喊着：就是海枯石烂、天崩地裂，也不能够改变我坚定的爱意。这是一句很动人的爱情宣言，如果有一天，你把它抄来拿给心仪的人看。对方看懂了，你就会发现他和你一样，是读过这首《柏舟》的。

这首诗如果到这里结束了，必定就是一个大团圆的结局。但事实上，事情没有那么简单。有人站出来反对这门亲事了，而且这个人不是别人，正是女孩子的母亲。

最后一句：

母也天只，不谅人只。

这个女孩子呼天抢地，呼唤她的母亲，说："我怎么都想不通，为什么你明明是我的妈妈，你却不能多体谅我一点呢？为什么老天爷就不能够多偏袒我呢？"

她的恋情遭到了母亲的坚决反对，母亲为什么反对呢？理由可能有很多种，诗里并没有直接地说出来，于是留下了很多猜测。

比起反对的原因，让我们更好奇的是古今中外，为什么文学作品中勇敢的爱情，能够打动我们呢？那伤筋动骨得来的爱情，为什么格外让人珍惜呢？梁山伯和祝英台，活着的时候拼了命地在反抗，为了能够相守，最后死了也要化成一双蝴蝶飞走，双宿双飞；罗密欧和朱丽叶，两个家族有世仇，命中注定了他们无法相守，但两个相爱的人还是为了爱情，不惜付出年轻的生命。

有人说这就是恋爱脑，这样真的值得吗？在一段爱情中，我们爱的究竟是什么呢？有时候并不仅仅是对方那个人，我们爱的更是那个在爱情中不断成长的自己，也许恋爱脑会让我们疼痛、失败和落泪，但那个极小的成功率会一直牵动着我们的心。

我们只有先陷入爱，才会逐渐懂得什么是爱，才会在这个过程中不断地成长。最后这段感情有没有结果，可能没有那么重要，但是在这个过程中，自己变成了一个更好的样子，这才是非常让人高兴的。如果没有为爱奋不顾身过，我们就永远学不会如何去爱，也就没有办法成长，所以爱的能力比爱本身还要重要。不要因为害怕爱情可能会带来失败，就封心锁爱。有的时候想得太多就动不了心了，就感受不到爱情这种美妙的生命体验，你的心就不会再打开了。

这首《柏舟》是写给那些为了爱情坚持过、努力过、疯狂过的人们，他们永远年轻。这是我们在《诗经》的世界中，能够收获的感动、喜悦和勇气。

○爰采唐矣 沬(mèi)之乡矣 云谁之思 美孟姜矣 期我乎桑中 要(yāo)我乎上宫 送我乎淇之上矣

○爰采麦矣 沬之北矣 云谁之思 美孟弋矣 期我乎桑中 要我乎上宫 送我乎淇之上矣

○爰采葑矣　沬之东矣　云谁之思　美孟庸矣　期我乎桑中　要我乎上宫　送我乎淇之上矣

鄘风·桑中

《桑中》出自《诗经·鄘风》。鄘是春秋时期的中原小国，在商朝都城朝歌的南边，就是现在的河南新乡这一带，后来，鄘被他东边的邻国——卫国吞并了。

在《诗经》中，我们经常可以看到“桑”这个意象。“桑”也常常出现在其他诗词里，柳宗元有一句诗说“乡禽何事亦来此，令我生心忆桑梓”，意思是说故乡的黄鹂鸟，为什么要飞到我的面前呢，让我不禁思念起遥远的家乡。所以大家就能理解，桑梓指的就是家乡，是乡愁的那一头，因为古代家家户户，都会在屋子旁边种桑树和梓树。

为什么古代每一家都会种桑树呢？我们要了解一个背景知识，古代社会讲究男耕女织，在女织中最重要的工作，就是采桑、养蚕、用蚕丝来做衣服。在《诗经》的时代，我们的礼仪制度里，就体现了对农事的重视。

每到春天，王会前往南郊亲自到田里耕作，收获的粮食用来供奉天神；王后会前往北郊祈福，那里就有桑园、蚕室，王后会亲自采桑养蚕，得到的蚕丝就用来制作祭服。从王室成员的示范就可以看出，桑园是很重要的祭祀场所。商国的开国国君商汤曾经剪掉头发和指甲，在桑林中求雨，结果方圆数千里果然下起了大雨，因此，桑林也就成了兴云作雨的地方。“云雨”这个词我们很熟悉，在宋玉的《高唐赋》中，楚襄王和巫山神女相会，神女说自己“旦为朝云，暮为行雨”，此后“云雨”就有了男女欢会的意思。

回到这首《桑中》，它讲的就是桑树林间，每年的祭祀仪式结束之后，年轻的男孩女孩在林中约会。这是一首非常快乐的诗。

先来看第一段：

爰采唐矣，沫之乡矣。

“唐”是一种植物——女萝，也叫菟丝子，就是缠绕在树上的藤萝。到哪里去采女萝呢？要到卫国的沬乡。

云谁之思，美孟姜矣。

我心中在想念谁呢？是美丽的姑娘孟姜。所以，孟姜后来就成了美女的代称。

期我乎桑中，要我乎上宫，

送我乎淇之上矣。

美人约我在桑林中等候，邀我在上宫相会，一直送我到淇水旁。

诗中的男孩子非常可爱，他一边采着女萝，一边想着自己的心上人，回忆着自己跟她约会的那些点点滴滴，可能边想边傻笑起来。

前面我们说“桑中”是桑林间，那么“上宫”是哪里呢？郭沫若先生在《甲骨文研究》中考证说：“上宫，祀桑之祠，士女于此合欢。”也就是说年轻的男女，在桑林中互通心意之后，就会手拉着手，一起去祭祀桑树的上宫幽会。

在当时，男女在神庙里约会是很正常的，神庙不像我们后世的教堂和寺庙，它不是禁欲的清静之地。有一种说法认为，祭祀典礼之后，男女在神庙里欢会，可以促进万物的繁衍。上古时期人们觉得，一年四季万物都会生长变化，年轻的男孩女孩应该跟大自然的万物一样，生机勃勃；植物会长出绿叶、开花、结果，那男孩女孩们就应该约会、谈恋爱、繁衍生息，这些都符合上天自然之道。

接下来的两段基本相同，只有两个地方不一样，第一段“爰采唐矣”，第二段和第三段，分别变成了“爰采麦矣”“爰采葑矣”，采摘的东西不一样了，采了麦穗，又采了芜菁。麦穗我们都知道，它就是粮食。芜菁也是一种植物，它的叶子圆圆的，里三层外三层地裹在一起，其实它也可以作为食物，就是我们今天吃的大头菜。

为什么诗中描写的都是采摘粮食、蔬菜的情景呢？想一想，瓜香果熟的时候，空气中弥漫着丰收的喜悦，你会不会很想和喜欢的人一起来分享这种喜悦，会不会让你联想到人生的成熟呢？在古人看来，成熟的标志，就是成家立业、结婚生子，是两个人共同承担起责任的时刻。

古人不像我们今天，似乎每一天都从早忙到晚，“996”

地忙碌着，非常地“卷”，常常把自己忙得都抑郁了，也不知道在忙什么，好像已经累到没有时间和精力跟家人相处了，也累到没有能力谈恋爱了。古人的生活节奏是慢的，日出而作，日落而息，非常规律，农忙的时候大家在一起劳动，快快乐乐地唱着歌，流着汗，想着心上人。等到丰收的时候，人们的期盼和渴望也成熟了，变得想要花时间和精力去经营家庭，此时人就会特别看重自己的心，会需要有一个心上人。诗中的心上人是谁呢？我们在第一段就看到了，是一个美丽的姑娘：孟姜。

大家会不会想到经典的“孟姜女哭长城”的故事？“孟姜女”其实并不是一个特定的人，它就是一个称呼，是从《诗经》里来的。我们把这几个字分开看，“孟”不是姓，而是指在家中排行第一的姑娘，姜才是姓氏。从这个称呼一下子就能看出，这个人在家里排行第几，有没有婚配，因为在周朝如果没有媒人的介绍，男女之间是不知道对方名字的。所以“孟姜女”的叫法就表示姜家有一个尚未婚配的大女儿。

到了第二段和第三段，我们会发现小伙子的心上人变成了孟弋和孟庸。他移情别恋了吗？姜、弋和庸，都是当时著名的贵族姓氏，这个男孩子到底在跟多少个人约会呢？

这里有两种说法，一种是说孟姜、孟弋、孟庸，都是虚指，就像我们会用西施来代指美人一样，比如鲁迅先生的《故乡》中，人们管年轻时候的杨二嫂叫“豆腐西施”，这种美称听着就很让人开心，也很形象，所以在这里，这三种称呼指的都是同一个人——也就是，那个小伙子只有一个心爱的姑娘。

但另外一种说法是讲，这个男孩子就是在和三个不同的女孩约会，因为当时的民风比较自由和开放，男女交往，并没有后来社会所谓的授受不亲。《周礼》中就记载，仲春时节男女可以自由交往，就是私奔也不会被禁止。

所以诗中的男女在淇水分别，很可能意味着他们不是住在同一个地方的，是在一次祭祀中才相识；短暂的恋爱之后，两个人就要告别了，到了第二年的祭典，之前的女孩子也许并没有出现，所以，男孩就又跟另外一个女子约会了。两个人可以自由地体会爱情的甜蜜，就算不一定能走到最后，但也留下了一段美好的回忆。

可见，在我们文明的早期，并不存在什么封建礼教的束缚，也没有什么女子从一而终的观念，这都是后世强加在人们身上的枷锁。起码在《诗经》的时代，人们的感情是很真诚、很热烈的，它非常自然，也没有被各种各样的社会观念扭曲。读《诗经》，可以让我们更深刻地理解古人最原始的情感世界。

兮 赫兮咺兮 有匪君子 终不可谖兮

○瞻彼淇奥 绿竹如箦(jī) 有匪君子 如金如锡 如圭如璧 宽兮绰(chuò)兮 猗重(chóng)较(jué)兮 善戏谑(xuè)兮 不为虐兮

○瞻彼淇奥(yù) 绿竹猗(yī)猗 有匪君子 如切如磋 如琢如磨 瑟兮僩(xiàn)兮 赫兮咺(xuān)兮 有匪君子 终不可谖(xuān)兮

○瞻彼淇奥 绿竹青(jīng)青 有匪君子 充耳琇(xiù)莹 会(kuài)弁(biàn)如星 瑟兮僩

卫风·淇奥

这是一首赞颂君子的诗。

第一段：

瞻彼淇奥，绿竹猗猗。

“瞻”就是“看”，把手搭在眉毛上看。“猗猗”是美丽茂盛的样子，“绿竹猗猗”，就是绿竹连成了一片。意思就是：看那弯弯的淇水边，青翠茂密的竹林片片相连。

有匪君子，如切如磋，如琢如磨。

这里的“匪”字，我们写出来是“土匪”的“匪”，但它是“斐然”的“斐”——上面一个“非”，下面一个“文”的通假字。这个“斐然”本指五彩交错，它具体是什么样子呢？大家有没有在海边捡过贝壳？如果你把贝壳放在阳光下面，就能看到壳里面闪现出五颜六色的光泽，这个光泽就叫作“斐”。后来人们用这个字来形容一个人有漂亮的文采。所以“有匪君子”就是闪闪发光的、有文采的君子，比如李白，比如苏东坡。

如切如磋，如琢如磨。

我们说，切磋、琢磨都是下功夫。这一句就是说一个能够被称为“君子”的人，他不仅要有文采，还要在学问上不断地精进，在品德上也要打磨自己。

这就是起兴的手法——看到竹子苍翠挺拔，竹叶片片锋利，让我们想到君子就应该像竹子一样，竹子意味着对自身品德的要求。他应该对自己很苛刻，很自律，要不断地打磨、雕琢、约束自己的言行举止，让自己成为有知识、有内涵、有高尚品格的人。

所以我们说“松竹梅”时，并不是在讲松、竹、梅这三种植物。我们把它当作“岁寒三友”，这个“友”字明显带有感情，把它们拟人化了。这些植物就像人，像我们的朋友一样，它会激励你，用自己生命中的某一些品格影响你，让你成为更好的自己。我们中国的美学中是少不了这三种植物的。不仅仅因为它们的样子很美，更重要的是它们象征着文化中独特的品格，这就是东方的审美。

经历了严寒，一个人的坚韧才会显现出来。竹子的竹节是一段一段的，外面很坚硬，但里面是中空的。这就和我们对君子的期待是一致的——你外在的品质要坚韧不拔，要能够一节一节地向上生长。遇到重大的考验，即劫难，能挨得过去，你就会成长起来。要经得起磨难，不要经历一点挫败就倒地不起了。我们应对了那么大的挑战，内在依然要谦虚、要保持“中空”。这样才能够听得进去别人的建议，所谓“虚怀若谷”讲的就是这个道理。这些都是竹子的品质。

当人们把植物的特点和做人的品性联系在一起的时候，就能够体会到人与自然浑然一体的美了，比如“竹林七贤”那些名士们。他们在苍翠茂密的竹海中，或坐或卧，白衣翩翩，拿着扇子抚琴，或捧着竹简漫谈，纵情恣意，在竹子的映衬下显得格外有品格。

当我们脑海中浮现出这样的画面，就能体会到他们内心对自己的要求。“竹林七贤”之名之所以能够流传至今，就是因为在西晋的时候，政治非常黑暗。可是这一批人不愿意陷入混乱的时局中为虎作伥，跟他们沆瀣一气。在这种情况下，他们不如逃逸、不如退隐、不如不合作。所以他们就把自己的生命放在了竹林当中，和“庙堂”相对。这是一种人生态度的传达：我不能同流合污，我要保持一种君子的品格。

第二段：

有匪君子，充耳琇莹，会弁如星。

“充耳”就是一种装饰品，它会一直垂到耳边，很多壁画上面描绘的就是这样的装饰。“琇莹”是像玉一样美丽的石头，也就是宝石。“会弁”指的是鹿皮的帽子，“如星”就是帽子缝合的地方会点缀一些像星星一样闪耀的宝石。这都是在讲君子是怎么样装扮自己的。君子不仅是内在品格高洁，外在也是非常注重仪表的，这就叫作表里一致，显得气宇轩昂。更主要的是，宝石是一种身份的象征，就如同君子要佩玉一样，它表达了佩戴者人品的贵重。

瑟兮僴兮，赫兮喧兮。

“瑟”是庄严的样子，后面这个字——“僴”，很多人不认识，它指的是宽大的样子，“赫”和“喧”都是光明显赫的意思。连起来我们就能够理解，这句话是从神态、气度上来讲君子带给人的观感。这位君子有学识、品德高尚，但他不是一副花样美男般很柔弱的样子。他谦虚但是他也自信，不会因为谦虚就表现得畏畏缩缩，眼睛不敢盯着你看。他反而是气宇轩昂、光明威武的，显得很有气度，行事坦荡，光明磊落。

一个真正的君子，他是德智体美全面发展的。举一个例子，孔子被认为是君子的代言人。在我们不了解孔子的时候，会觉得他好像一生下来就很老了，他一直是一个白胡子老头，但事实上，史料记载：孔子身高九尺。首先他身材很魁伟，且气宇轩昂。在老年的时候，孔子还能够拉弓射箭，所以他生命力很旺盛，又能够驾车周游列国，可见好奇心也非常地旺盛。

在孔子的三千弟子中，有七十二人是精通“六艺”的。所谓“六艺”，就是周朝贵族教育体系中要培养的六种技能，分别是“礼、乐、射、御、书、数”。“礼”是礼节礼法；“乐”是音乐，你应该是一个音乐家，懂得欣赏美；“射”是射箭的技术，指体力要好；“御”——驾车的技术，好比现在特种兵，开飞机、开坦克、开游艇，总之你要会别人不会的东西；“书”——要能识文写字；“术”是指掌握阴阳运行的规律。

将这个“六艺”综合起来，你就发现，它对一个人的要求是非常高的，而且其中有很多项都是跟健强的体魄有关。所以古人称赞的君子，不仅仅是要有智慧的头脑，还要有强健的体魄。只有看到这样的人，大家才会说：

“有匪君子，终不可谖兮。”

意思就是，美好的君子真是令人难忘。读到这里，我们应该对孔子有了另外一番理解，可能他的人设和你之前想象的是完全不一样的。

最有意思的是这首诗的最后两句：

宽兮绰兮，猗重较兮。

善戏谑兮，不为虐兮。

“猗”是倚靠的意思，“重较”是有两重横木的车子，它也是一种身份的象征，大车只有贵族才能够乘坐。“戏谑”我们都知道，就是调侃，有幽默感，自嘲或者自黑，反正这个人很有意思。“虐”不是“虐待”的“虐”，而是刻薄的意思。

前面讲了这么多君子美好的样子，他有学识、有品德，样貌很威严，光明磊落。普通人就会觉得君子一定是高高在上的，他会不会架子很大，跟我有距离、很难接近呢？会不会对我傲慢和存有偏见，然后碾压我呢？实际上不是这样。

最后这一句就是在讲，身为君子，他是非常亲切的。他有说话的智慧、有风趣的谈吐、有威仪，但是不会对别人施压。恰好相反，他看见你紧张了，会开个玩笑让你放松下来，消除彼此之间的陌生感。但他的玩笑不低俗也不刻薄，否则就是带有攻击性了。所以真正的幽默是为了让谈话的氛围更好，让大家都能够放下包袱，能轻松地说出真实的想法。这才是幽默的功力。

大家可能会觉得，为什么这也算是对君子的要求呢？“言行举止”的第一个字，就是“言”，这和学《诗经》是一个道理，“不学《诗》，无以言”，可见君子要具有语言的智慧，同样要有君子的心地。你说什么样的话，你就是什么样的人。当你对待别人的时候，并不是以知识凌驾别人，而是以美德让别人如沐春风，那你就称得上是一个君子。

读到这里，我们就理解了，《淇奥》是在全方面地赞美一个君子，并且告诉我们君子有什么样的标准。这首诗最早是写给谁的呢？它是用来歌颂卫武公的。卫武公活了九十多岁，到晚年的时候依然待人宽和，能够虚心地听取别人的建议。后来，这种对贵族的赞美也就慢慢地演化成了我们对于君子的期待。君子不一定要出身贵族。真正让一个人高贵的，不是他的身份也不是他的财富，而是他的学识和品德，是他对待别人宽和、善良的心地。

○硕人敖敖　说(shuì)于农郊　四牡有骄
朱幩(fén)镳(biāo)镳　翟(dí)茀(fú)以朝　大夫夙退
无使君劳
○河水洋洋　北流活(guō)活　施罛(gū)濊(huò)濊
鳣(zhān)鲔(wěi)发(bō)发　葭(jiā)菼(tǎn)揭揭　庶姜孽孽
庶士有朅(qiè)

○硕人其颀(qí) 衣锦褧(jiǒng)衣 齐侯之子 卫侯之妻 东宫之妹 邢侯之姨 谭公维私

○手如柔荑(tí) 肤如凝脂 领如蝤(qiú)蛴(qí) 齿如瓠(hù)犀(xī) 螓(qín)首蛾眉 巧笑倩兮 美目盼兮

卫风·硕人

《卫风·硕人》是一首讲美人的诗。所谓“硕人”指的是高大健壮的人，这就是当时人们心中的审美标准。这种审美和我们今天风行的“白瘦幼”完全不一样，它更推崇健康强壮的人，以这样的人为美。这当然和那个时候的社会环境有关系。古时候物质和医疗条件都不发达，甚至连吃饱肚子都是一件不太容易的事儿，所以大部分老百姓面黄肌瘦。于是人们就更喜爱这种健康之美,因为这样的人就显得地位高、过得好。

硕人其颀，衣锦褧衣。
齐侯之子，卫侯之妻，
东宫之妹，邢侯之姨，
谭公维私。

这个“硕人”是在讲一个具体的人，她就是庄姜。这首诗写的正是庄姜出嫁时候的情景。人们远远地看着出嫁的队伍，里面有一个身材修长的美人，她穿着华美的衣服。第二句介绍庄姜的身份，说她是齐庄公的女儿，卫庄公的妻子，齐国太子的妹妹。当时的齐国，在地域、经济、政治上都占有绝对的优势，就是顶流国家。卫国能够和齐国这样的大国联姻，当然是非常值得高兴的一件事儿。

但是，对庄姜的介绍到这里还没有结束。诗里接着又说她是邢侯的小姨子，而谭国的国君就是她的妹夫。这其实是在说，卫国的国君娶了庄姜这样一个女子，那就相当于和齐、邢、谭三个国家都建立了良好的外交关系。显然庄姜的身份十分高贵，而且她的相貌这么美丽，迎娶她的时候，场面一定非常宏大。

接下来的句子全都是在描绘庄姜的外貌，就像是一幅庄姜的肖像画：

手如柔荑，肤如凝脂。

领如蝤蛴，齿如瓠犀。

螓首蛾眉，巧笑倩兮，美目盼兮。

这里面出了好几个成语。她的皮肤就像羊脂玉一样莹润，她的手像柔软的荑草。“荑”指的是刚刚生出芽的白茅草，白茅草已经非常白了，它中间还有芽，更是又白又柔软，而且很娇嫩，这就是美人的手的样子，真是非常美。

然后写庄姜的脖子，说：

“领如蝤蛴。”

“蝤蛴”是天牛的幼虫。天牛长得有点难看，但是它的幼虫在小的时候白白净净的，很柔软的那么一小坨，有点像蚕宝宝，一节一节的。在我们现代人的审美中，可能会觉得这个脖子有点胖吧，都一节一节的了。它不是那种细长的天鹅颈，但是在古人眼里这就是一种丰润的美。

接着写庄姜的牙齿，就像瓠瓜的籽一样，不仅白净，而且很整齐，有一种淡淡的象牙白的光泽。瓠瓜就是葫芦，看上去有点像我们现在经常吃的西葫芦，长长的、绿绿的，但切开来看，里面的瓤和籽都是白色的。

庄姜的额头是用“螓首”来形容。螓是一种蝉，它的形状就是方中带圆，背部是拱起来的。这就可以发现古人对于额头的审美是什么样的，就是额角要方，额头要宽，还要有一点隆起的弧度，显得“丰满开阔”。这个在相书上有一个专有术语，叫“天庭饱满”，对应“地阁方圆”，就是说这个人非常贵气，而且长这样脑门的人一看就很聪明，据说武则天就是这样的“天庭”。

最后描写的是庄姜的眉毛，叫作“蛾眉”。它不是峨眉山的峨眉，它是蚕蛾的触角，又细又长，有一点弯曲的弧度，庄姜就长着这样的眉毛。

这一连串的描写，就像是一幅工笔画，非常具体地勾勒出了这个人，她的每一个部位是怎么样的。这影响了后代很多的画，你看那些工笔画中的美女，基本上模样都有点相似，很像庄姜。这时候肯定会有一种声音，说只写美有什么用呢？美则美矣，毫无灵魂，就像个木头一样，只有好看的五官。

接下来，这个诗里最妙的两句就出现了，灵魂来了：

巧笑倩兮，美目盼兮。

这八个字真是太动人了。你能看到那个女子眉目流转，嫣然一笑就撩动了人心，秋波一转就摄人的魂魄，这样的女子就非常让人难忘。后来蒲松龄《倩女幽魂》中聂小倩的长相，其实也是来自庄姜的启示。

这是点睛之笔，它让美人有了神态，有了动感，有了生命力，成为一个鲜活的形象。这个有血有肉的美人，仿佛就站在我们的眼前。到这里我们几乎可以说，庄姜就是《诗经》中美女的代言人。

接下来的一段：

硕人敖敖，说于农郊。

四牡有骄，朱幩镳镳，翟茀以朝。

庄姜从齐国来到了卫国，送亲的队伍在国都的城郊要休整一下，围观的人们就看到，队伍中的马都是高头良马。马匹上系着的大红丝绸随风摆动。这辆华美的马车是用羽毛做装饰，缓缓地驶向朝堂。

这个时候人们就说了一句：

“大夫夙退，无使君劳。”

朝堂上的大夫们，你们快快地退下。这结婚的日子可别让君主太劳累了。

后面两段也写得很美，但重心落在了自然景物上，连用了好几个叠字：

河水洋洋，北流活活。

施罛濊濊，鳣鲔发发。

葭菼揭揭，庶姜孽孽，庶士有朅。

这一段描写非常壮观，它是在说黄河之水浩浩汤汤，北流入海。岸边撒网入水的声音传来，水里的鱼都在活跃地翻腾着，波光粼粼，河岸上还有连绵不断的芦苇。但你说，这里为什么要来一段景物描写呢？前面不是在写美人吗？因为那些高头大马、游动的鱼、茂盛的芦苇和这个高大健壮的硕人一样，都是旺盛生命力的象征。这些描写归根结底都是对生命的礼赞。

最后还有一句：

庶姜孽孽，庶士有朅。

这就要提到商周时期的一个习俗，就是陪嫁。两个诸侯国联姻的时候，一个人出嫁，就要从她的妹妹或者侄女里面挑选一些人，作为侍妾一起嫁过去。这种妾叫作“媵妾”。庄姜的陪嫁队伍里浩浩荡荡有那么多的女子，她们有一个统一的名字叫作“庶姜”，也就是陪着庄姜一起嫁过来的媵妾。

为什么会有这种制度呢？因为诸侯国之间的联姻，是为了保障两国的利益。如果嫁过去做正妻的这个女子，不能生育或者是不幸去世了，那么和她有血缘关系的媵妾，就会替代她的位置。这样两国的联姻关系，就能一直维持下去。

其实陪嫁的不只有女子，还有男子。他们被称作媵臣，也就是最后那一句提到的庶士。这些人的身份就没有媵妾那么尊贵了，大多是有一技之长的奴仆。当这个队伍出现的时候，看到陪嫁队伍的卫国人就感慨：齐国的硕人庄姜，她不仅自己高大美丽，她带来的媵妾和媵臣，也是衣着华丽、勇武矫健。这就是大国的风范。

美有很多种，《硕人》体现的就是一种健康之美，它博大得像地母一样充满着生命的野性。这首诗的每一句都是在表达对美的欣赏，无论是具体的美人，还是美的场面、美的景物，都洋溢着一种蓬勃的生命力。它让一个鲜活的生命穿越几千年，和我们相遇，也让我们对当时的制度有了一定的了解。

卜尔筮(shì) 体无咎言 以尔车来 以我
贿迁
○桑之未落 其叶沃若 于(xū)嗟鸠兮
无食桑葚 于嗟女兮 无与士耽 士
之耽兮 犹可说(tuō)也 女之耽兮 不可
说也

○氓之蚩(chī)蚩 抱布贸丝 匪来贸丝
来即我谋 送子涉淇 至于顿丘 匪
我愆(qiān)期 子无良媒 将(qiāng)子无怒 秋以
为期
○乘彼垝(guǐ)垣 以望复关 不见复关
泣涕涟涟 既见复关 载笑载言 尔

弟不知 咥(xì)其笑矣 静言思之 躬自悼矣

○及尔偕老 老使我怨 淇则有岸 隰(xí)则有泮(pàn) 总角之宴 言笑晏晏 信誓旦旦 不思其反 反是不思 亦已焉哉

○桑之落矣　其黄而陨　自我徂(cú)尔　三岁食贫　淇水汤汤(shāng)　渐(jiān)车帷裳(cháng)　女也不爽　士贰(tè)其行　士也罔极　二三其德

○三岁为妇　靡室劳矣　夙兴夜寐　靡有朝矣　言既遂矣　至于暴矣　兄

卫风·氓（上）

《氓》出自《卫风》，卫国的都城在今天河南鹤壁一带，所以这首诗其实写得就是一对河南夫妻的婚姻故事。

李白写过一首诗叫《长干行》，里面有两句特别出名："郎骑竹马来，绕床弄青梅。同居长干里，两小无嫌猜。"这两句衍生出两个成语——青梅竹马、两小无猜，现在大家一听就会觉得很美好，这是文化带给我们的情绪记忆：一双小儿女一起长大，有深厚的感情基础；长大后就自然而然地恋爱、结婚，有情人终成眷属，多好。

林黛玉跟贾宝玉也会羡慕的，他们虽然是青梅竹马，两小无猜，可是没有终成眷属。《氓》的这个故事写的也是青梅竹马，但它的结局是什么呢？

大家看到"氓"这个字，常常会联想到"流氓"这个词，好像一个很没有素质的小伙子就站在了眼前。其实这个字的意思不是这样。春秋时期，"氓"是指游民。如果一个人本来是个种地的，但他比较懒惰或者是手艺不行，导致这块土地荒废了，他没有了生存基础，这个时候要到外面去打零工，这就是流民，我们现在称“打工人”。

第一句：

氓之蚩蚩，抱布贸丝。

匪来贸丝，来即我谋。

氓是一个小商贩，他会抱着布匹，做一点小生意。在那个时期，布是硬通货，可以当成货币来流通，因为布匹携带起来比较方便，拿来拿去时，路上也好保存。这个氓带着布匹来，看着像是要做小买卖，但这其实不是他的真实意图。所谓“来即我谋”，就是来跟我商量婚事，也就是说，这两个人其实已经在私下里商量了婚事，私定终身了。

商量好了之后，那个姑娘就把氓送走。山一程，水一程，送过了淇水，又送到顿丘。这里有一个细节，我们知道送客是有规矩的，比如今天我的朋友或者同事来家里玩，我可能把他送到家门口或电梯口，这就可以了，如果是长辈或者老师来，可能要送到小区门口，或者上门去把人家接来。他们的送别是什么样的？这首诗里的情况，相当于你从北京来上海看我，我一直把你送到了山东还依依不舍。这么牵肠挂肚，可见女孩子用情非常深。

两个人的感情已经发展到这个地步了，根本舍不得分开，为什么要离别呢？女孩子就说：

“匪我愆期，子无良媒。”

我不想把婚事延期，也根本不想跟你分开，是你不好，没找到合适的媒人。我们是私定终身的，这叫“自由恋爱”，但是在那个时期，恋爱跟婚姻依然分量不同，你要正大光明地跟我在一起，依然要“父母之命，媒妁之言”。所以婚姻就是一个社会性的公约，需要有一个流程，提亲、结婚都是要有媒人来说和的，我不能跟你偷偷地跑掉。所以姑娘就劝这个小伙子，说：

“将子无怒，秋以为期。”

我不肯跟你走，你也不要生气，你也不要着急，到了秋天，我一定会嫁给你。

读到这儿，我们就能看出好几点。一是他们两情相悦，很愿意结婚，相守终生；第二，他们的婚姻是男孩子主动来求娶，是按照当时的风俗进行的，合规合矩；第三，这个女孩子用情很深，但是氓的脾气就比较急躁，他已经迫不及待了，所以就有点恼火。第一章的信息量就已经很大了，也正是这三点引发了这个女孩子后面的情绪。

氓回去准备了，女孩子在家里等着他。诗里说：

“乘彼垝垣，以望复关。”

我天天爬到山坡上眺望远方，盼着你会从远处来，盼着你来娶我。这种心情，我们看过《大话西游》就能懂，电影里面的紫霞仙子，她就每天眨着星星眼，趴在那儿发花痴。她说心里面喜欢的那个人会像一个盖世英雄，踏着七彩祥云来娶她。后面说：

“不见复关，泣涕涟涟。

既见复关，载笑载言。”

显然这个小姑娘的性格特别真性情，等不到那个男子来的时候，就很难过，难过就大哭，就发脾气；等到的时候立即就高兴了，眉开眼笑，说你不用哄我，我没事了，看见你我就开心了。这里面的用词就很有意思，“泣涕涟涟”，“泣”是眼泪，“涕”是鼻涕。在伤心得大哭的时候，她哭得很难看，一把鼻涕一把眼泪。所以，这个女孩子和我们现在的小女孩一样，她站在城墙上从天明等到天黑，等不到就哇哇地大哭，你能感受到这是真挚的情意。

接下来，氓来了。

尔卜尔筮，体无咎言。我们去占卜了一卦，结果当然很好，好像老天都在帮我们，说这段婚姻很美满。在古代人们是非常相信天意的，故事发展到这个时候，我们会觉得，哇！真是一块石头落了地。氓和这个姑娘，一切准备都做好了。

以尔车来，以我贿迁。

你驾着车来到我家，带着嫁妆，带着妹妹，我们一起走吧。所以，在那个时期，姑娘出嫁也是要带着嫁妆的，这个风俗出现得很早。明媒正娶、两情相悦，按道理这就是一段圆满的婚姻了。但是，往下看我们就知道，事实却并不是这样。

卫风·氓（下）

两个有情人做好了一切准备，上天也祝福他们，可以欢欢喜喜地结婚了。但是，这里出现了两个句子，一句是：

“桑之未落，其叶沃若。”

桑树枝繁叶茂，叶片像水洗过一样，发出闪闪的光泽。

另一句是：

“桑之落矣，其黄而陨。”

就是桑叶干枯变黄，纷纷从树干上跌落下来。

有人说这是比喻这个女子美貌不再，她的青春、她美好的容颜慢慢地消逝了。下文提到男子“二三其德”，就是反复无常，移情别恋了。这种理解方式对不对呢？不一定准确。

首先，古代的婚嫁年龄是非常早的，基本上十五六岁就可以出嫁了。诗里说女子从结婚到离婚经过了“三岁”，这个“三岁”如果是实际的时光，这个女孩子最多也不过二十出头，怎么会美貌不再呢？哪怕是虚指一段时间，那也不会特别长。所以，女孩子离婚了之后依然是非常年轻的。后文中也可以看到，女孩子的兄弟们还都没有分家，说明她的兄弟们还都很年幼。

两个人离婚的原因是什么呢？原来，这个男子是个反复无常的人，哪怕让他娶到最美貌的女子，他也不会珍惜。刚开始，他们的感情饱满热烈；可是随着相处久了，就逐渐平淡，爱人变亲人，最后炽热的情感就彻底陨落了，那落下来的桑叶指的是褪了色的感情。但是女子对男子的情意却始终没有改变，所以她才会说出那千古名句，叫——

士之耽兮，犹可说也。

女之耽兮，不可说也。

女子陷入情爱之中是很难脱身的，但男子好像很容易就翻过这一页了。这真的是很令人难过的一句话。婚姻永远是两个人在经营的，一旦两个人的付出不对等，即使短时间里看不出太大的问题，长此以往，一定会带来严重的裂痕。

他们两个婚后的生活如何？为什么会有这样的结果呢？后面有两章都在讲具体的生活细节。

三岁食贫。

结婚的这些年，他们都过着并不富裕的生活。女孩子要完成繁重的家务活。

夙兴夜寐。

要起早贪黑，为了稳定的生活苦苦努力。

在物质条件渐渐好转之后，他们的感情有没有恢复如初呢？很可惜，日子越来越好，但男人的脾气却越来越暴躁，特别是对自己的妻子格外没有耐心。这其实是有先兆的，在他们俩结婚之前，女子就说过“将子无怒，秋以为期”，可见这个男人已经表现过他性格中非常急躁、执拗的那一面。女子那个时候因为心里有他，对他非常包容，还去哄他，跟他说不要生气。可是在漫长的婚姻生活中，男子的暴脾气终于变成了致命的缺点。当女子回到娘家的时候，不知情的兄弟们总是嘻嘻哈哈地戏谑她，女子的处境无法改变，所以她只能在独自一人的时候默默地流泪。这样的生活，女子至少过了三年。

这首诗距离我们现在已经有几千年了，但是今天的人读来，依然会深深地同情这个一片真心却被辜负的女子。她原本也可以纵身入山海，可在那个时代，社会不允许女人经济独立，女人必须依附男人生活，经济上的依附一定会带来精神上的依附。如果丈夫待自己不好，甚至发生家暴、虐待的行为，女人为了生存也只能选择忍耐，她是无法主宰自己的命运的。所以我们现在才会说，女人一定要经济独立，只有经济独立了，精神才能独立，人生才有更多的选择。

不过令人欣慰的是，诗里的女子并没有因为丈夫的抛弃就自暴自弃，也没有因此而自卑。她的性格是非常舒展的，很具现代性。女子很清楚地知道，这并不是自己的错。她把丈夫称之为“氓”，这不是一个褒义的字，相当于在说“那个家伙”，我们也可以看出她对这个男人的不满。

从这首诗的结尾，我们可以读到女子对这段感情的处理方式：

反是不思，亦已焉哉。

从前那些山盟海誓，我再也不去想了，我对你的期待全部都落空了，既然已经这样，我们就断绝关系吧！非常干脆和勇敢。

她说：

“及尔偕老，老使我怨。

淇则有岸，隰则有泮。”

当初我们说过要白头到老的，可是现在身体还没有老，心已经是千疮百孔了。这个淇水的浪头再大，终究也是有岸的；这个洼地再宽阔，终究也是有边界的。哪怕你现在带给我的磨难和痛苦再多，它也有到头的那一天，我也一定会有熬出头的那一天——这是一个敢爱敢恨的女子。因为爱你，我愿意为你付出时间、情感和精力，但是我有自己的底线，当你一而再、再而三地消耗我对你的感情，那么我决定要离开的时候便与你再无关系。我们今天总在讲“大女主”，在我看来，这首诗里的女子，就是大女主的性格。爱的时候全心全意，但依然有原则、有底线；决定放手了就干净利落，斩断情丝，绝不拖泥带水。

有人会担心说，她想要及时止损，可是她就不难过吗？

总角之宴，言笑晏晏。

信誓旦旦，不思其反。

这两句其实很心酸。“总角”是古代男孩和女孩没有成年时的装扮，就是哪吒头，在头上一边梳一个发髻，远看好像两个角，所以叫“总角”。但等到成年了以后，男子有“冠礼”，就是把头发梳起来，戴上帽子；女子要“及笄”，就是把头发用簪子挽起来。他们的样子改变了，大家便知道，可以去结婚了，媒人可以来说媒了。也就是说，这两个人，他们在孩提时代就认识了，那个时候两个人都梳着哪吒头，开开心心在一起打闹，感情一直很好。

所以女孩子从来没有想过别的可能性。我喜欢你，然后我嫁给你，我们就要白头到老。这是山盟海誓，她从来没有想过有一天会断绝关系，反目成为陌路人。这种事情，对人的杀伤力是很大的。她依然记得当年的情景，就是因为不能忘记自己付出的感情。我们可以感受到女子的受伤。在面对伤害的时候，人们都容易怀疑，容易想起从前的那些快乐和美好，感叹那些究竟是真的还是假的。会一直追问对方到底对自己怎样。这就很容易击垮一个人对于别人的信任。

这首诗看起来好像很零碎，一会讲见面，一会讲送行，一会讲出嫁，又讲婚后，又回到小时候，但这才是生活，才是一个女性真实的经历。在一段无法挽回的婚姻里，她有着什么样的情感反应，她遭受到了什么样的挫败和蜕变，所以，这是一首原生态的诗歌。

读这首诗，你会觉得那个女子就坐在你的对面，跟你絮絮叨叨说了很多很多，这是她一生的故事。这首诗里面没有人在发牢骚，也不是一个女性七零八碎的情绪。这就是《诗经》最大的特点——它是真实的情感表达。

○伯兮朅(qiè)兮　邦之桀(jié)兮　伯也执殳(shū)　为王前驱

○自伯之东　首如飞蓬　岂无膏沐　谁适(dí)为容

○其雨(yù)其雨(yǔ)　杲(gǎo)杲出日　愿言思伯　甘心首疾

○焉得谖草 言树之背 愿言思伯 使我心痗

xuān（谖） mèi（痗）

卫风·伯兮

“伯兮”是什么意思呢？先来了解一个古代的小知识：古人兄弟之间的排行从长到幼，分别叫作“伯、仲、叔、季”，“伯”就是大哥的意思。“兮”是亲密的语气词，所以“伯兮”就是妻子对丈夫的爱称，它的应用范围是在家庭里。通常妻子对丈夫的爱称就是“伯兮”，有点类似于“我家大郎”，饱含感情，又很为丈夫自豪。

这首诗的开篇：

伯兮朅兮，邦之桀兮。

伯也执殳，为王前驱。

“朅”指高大威猛，“桀”就是杰出。这句话用白话讲，就是我家大郎高大勇猛，他手中拿着长矛，是为国家冲锋陷阵的英雄，是为君王开路的前锋。

这就是我们印象中的男子汉大丈夫，充满一种力量感和蓬勃的生命力。这也是那个时代对男性的审美趋向：从外貌上来讲，要有明显的男性特征，比如喉结、胡须，体格要健壮；内在也同样重要，要有学识、有修养、有担当，让人可以信任和依赖。

从这两点来看，伯兮几乎符合了古人对于美男子的所有要求和标准。正是由于女主人公对丈夫的这种形容，让我们看到了一个女子对丈夫非常深厚的感情，包括一点点的仰慕。

她接着说：

“自伯之东，首如飞蓬。

岂无膏沐，谁适为容。”

自从我家大郎东行，我的头发就散乱得像飞蓬一样，怎么会这样呢？我也不是缺少化妆品、护肤品，实在是没有心思打扮。我打扮给谁看呢？

我们现在也会这样。有一种说法：如果要看你在我心目中的分量，就得看我出门的时候做了哪些准备，有没有洗头。如果说从小一起玩到大的好朋友，我可能脸也不洗，头也不梳就出门了；但要见心上人，那就得梳头化妆，戴上首饰，必须得精致到头发丝。这就是古人说的“女为悦己者容”——一个女孩子，如果开始打扮自己，应该就是有了心事、有了心悦的人。那么当那个喜欢的人不在身边，女孩子也就没有打扮的心思了。

这在诗词中也很常见。比如张若虚那首著名的《春江花月夜》，里面有一句“可怜楼上月徘徊，应照离人妆镜台”，还有李清照的《凤凰台上忆吹箫》中的一句“任宝奁尘满，日上帘钩”，讲的都是因为心上人在远方，所以我对什么都提不起精神，心思都在想念上，哪里还顾得上梳洗装扮呢？

所以《伯兮》最后的两段，我们很清楚地读出了这个女主人公要表达的情感，用两个字来概括——“相思”。

她说：

“其雨其雨，杲杲出日，

愿言思伯，甘心首疾。”

看上去天要下雨了，结果一会儿又艳阳高照。这是在说什么呢？真的是天变了吗？不，人心比天气变得还快，这就是在说相思。

说相思，怎么又联系到天气上去了呢？这其实是一个隐喻，就像我们写作文的时候，要写月亮就不能只写月亮，还要写月下的思念和感情。这里也是一样：天阴沉沉的，看着要下雨了，但这雨最后还是没下，又出太阳了。而我盼着丈夫不要离开，但是没办法他还是去了；我又盼着他早点回来，捕风捉影地听到一点消息，就满心欢喜，结果又失望了。

你看，变幻莫测的不仅仅是天气，还有感情和人心。这个女子反复经历期待落空后，心情是什么样的呢？她说，我想丈夫想到头痛。可宁愿头痛，我还是要想。这头痛也不是说停就能停的，因为思念和爱意都是身不由己的，这就叫“情不知所以，一往而深”。

接下来她又说：

“焉得谖草，言树之背。

愿言思伯，使我心痗。”

到哪里能去寻一些谖草呢？要不就在北边的屋子种上这

些草。我一心想着丈夫，已经得了相思之疾。北边的屋子就是主妇的居室，在这首诗中其实就是女主人公自己住的房子。

为什么要写谖草呢？因为谖草有一个名字叫忘忧草，也就是说，这种香草能让人快乐，忘掉忧思。我们今天也很容易看到谖草，你可能会在散步的时候，在夏天的草丛里，发现一些橘黄色的小花，有点像百合，亭亭玉立，那就是谖草。古人相信，谖草有忘记烦恼和忧愁的作用，所以这个女子就想着，我应该在家里种上谖草，就种在我的房子旁边，一眼就能看见它，我的相思之苦可能就容易捱过。

不知道大家有没有看过贾玲导演的那部电影——《你好，李焕英》，那是一部充满了笑声和泪水的电影，很感人，这部电影的主题曲就叫《萱草花》。这首歌非常妙，它同时用到了谖草的两个含义：一个是我们刚刚讲的忘忧；另外一个就是母亲。在西方，康乃馨是母亲节的象征；而在东方，我们一直是用柔软美丽的萱草来指代母亲，用高大挺拔的椿树来指代父亲。这首歌的第一句唱道："高高的青山上，萱草花开放。采一朵，送给我，小小的姑娘。"希望我的妈妈，能够感受到我的爱意；我把这朵花送给她，希望母亲能够忘记烦恼和忧愁。

如果说"我爱你"是最热烈直接的表白；那么"我想你"其实是一种温润柔软的表达——它是一种惦记、一种挂念。这种情感蔓延在生活的方方面面，让人没有办法忽视。丈夫是为国出征，妻子当然也要支持，她只能选择自己默默地承受相思之苦，为远方的爱人祈祷：希望他能够平平安安、早日归来。在自己的房间种一棵忘忧草，希望能够解一解相思的忧伤。就像泰戈尔的那句诗：“旅人，要留住你，我们是无能为力的。我们只有眼泪。”

○投我以木瓜　报之以琼琚　匪报也　永以为好也

○投我以木桃　报之以琼瑶　匪报也　永以为好也

○投我以木李　报之以琼玖　匪报也　永以为好也

木瓜

卫风·木瓜

卫国的都城是在商朝首都朝歌，也就是现在的河南鹤壁市一带。

《卫风·木瓜》为什么取名“木瓜”呢？在春秋时期的卫国，果实成熟了，适龄的男女青年就会到树林中聚会，可能会唱唱歌、跳跳舞，可能会互诉衷肠，就像现在的相亲约会，看对眼的，就会给对方送木瓜。那时候的木瓜，跟我们今天吃的木瓜不是一个东西，它的个头很小，香气却很足，味道比较酸涩，通常会被做成蜜饯。我们今天说的木瓜是番木瓜，是一种外来的水果，个头比较大，也比较圆润饱满，吃起来味道甘甜多汁。从这首诗的题目中，我们其实就已经感受到了，这是一首讲男女情爱的诗。

这首诗比较短小，只有三段六句，变化就是送的东西和回赠的东西不一样。

第一句：

投我以木瓜，报之以琼琚。

你送给我木瓜，我回报给你美玉。后面就变成你送给我木桃和木李，我回报琼瑶和琼玖。作家琼瑶的笔名，就是从《诗经》里来的，很多家庭会把《诗经》，当作给宝宝取名字的宝典。

虽然看起来我送你的是不同的东西，你回我的也是不同的东西，但是琼琚、琼瑶和琼玖，只是叫法的区别，本质上都是美玉，也就是说你回报给我的，全都是美玉；而我送你的木瓜、木桃和木李，也都是一类植物，有点像我们今天的柑子、橘子、橙子之间的区别，这就是《诗经》的经典写法，叫作重章复沓。所以当时的人，在唱这些诗歌的时候，才会具有一种音乐上的韵律美，回环往复不断地吟咏，也加强了我们的印象。

这首诗讲的，就是你送给我木瓜，我要回赠给你美玉。我们当然知道这叫礼尚往来，但是有没有觉得，这双方的礼物差距也太大了，一个小小的木瓜，需要用昂贵的美玉来回报吗？

这就是古代的礼，这是礼节的要求。你小小地给予，但我要重重地回馈，也就是我们通常说的，人敬我一尺，我要敬人一丈；滴水之恩，当涌泉相报。放到今天也是这样，在婚庆或者升学宴的时候，会收礼金，那么等到将来人家在办喜事的时候，我们可能就要多回馈一些，这就是民间约定俗成的礼节。

大家知道有一个词叫“投桃报李”，这个成语就是在讲礼尚往来，你送了我礼物，我要回馈你。很多人以为，这个成语就是出自这首《木瓜》，其实不是。《木瓜》的确演化出了一个成语，但不是“投桃报李”，而是“投瓜报玉”。它的意思和投桃报李非常相近，指收到了微薄的赠礼，但是回礼却极其厚重。孔子在评价《木瓜》这首诗的时候说，这首诗讲到了送礼的准则，人们内心的意愿需要用礼尚往来的方式来表达，比如送了礼物再去拜见，或者拜见的时候不会空手去，要带着礼物，总之作为人之常情，这是不可或缺的。

在一些重要的节日，我们备上一些礼品送给亲朋好友，这是一种礼貌，是心里面的惦记。送礼的人是在表达，那收礼物的人，接到了表达就应该回应，这就能让人心头一暖。为什么中国人这么看重送礼呢？这不是一个简单的人情往来，也不是一种交易，而是提醒我们要看重送礼这个行为背后的心意。

礼物能够看出一个人对一件事的态度。比如说我们要给自己喜欢的人送生日礼物，有的人会花很多心思，又是在网上做攻略，又是旁敲侧击地去问心上人的喜好，最后挑选的礼物可能就会送到对方的心坎里，这是花了时间、精力和感情的；可是有的人突然被提醒，想起来今天是要送礼的，匆匆忙忙地跑到商场里，根据自己的财力，随便地买一样东西。这件礼物当然是有价值的，可是背后的态度，却显得疏忽和敷衍，收礼物的人，也是能够感受得到的。所以孔子才说送礼很重要，但重要的并不是礼物本身，而是要能够从送礼这个行为，感受和培养一颗仁爱之心，一颗对他人的关怀之心。

《木瓜》对后世的影响很大。最受影响的是著名的天文学家张衡，他写了一首《四愁诗》，说：

“美人赠我金错刀，何以报之英琼瑶。”

“美人赠我锦绣段，何以报之青玉案。”

直接模仿了《木瓜》的写法，非常的美。鲁迅先生也模仿《四愁诗》，写了一首可爱的小诗，叫作《我的失恋》，有一句是说“爱人赠我双燕图；回她什么：冰糖壶卢。从此翻脸不理我，不知何故兮使我胡涂”。你会发现，鲁迅这位大先生，也有非常幽默的那一面，回礼这么敷衍，那可不就得失恋了吗？

《木瓜》每段的最后一句：

“匪报也，永以为好也。”

意思是说，并不是你送我一个东西，我回你一个东西，这就叫作报答；而是这样一来一往，加深了我们的感情。也就是说，我送你礼物，并不是图你的回报；而是为了表达，我和你的感情是一样的，我也像你喜欢我一样喜欢着你呀。这就叫作“永以为好”，就像是“拉钩上吊，一百年不许变”，我们要永远相爱。

对一个人好，惦记一个人，不能光是嘴上说说，要付诸行动。这首诗其实是在讲，男女之间，包括人和人之间，应该怎么样去表达感情。理解了这首《木瓜》，我们就能深刻地体会，《诗经》的内容，归根到底，还是在培养一种温柔的心性。它非常诗意地告诉你，一个人应该怎么表达自己的感情，又应该怎么样回报别人的感情；应该怎么样去生活，培养哪些品质。只有做好这些，一个人才能够成为君子，过上美好的生活。

知我者　谓我何求　悠悠苍天　此
何人哉

○彼黍离离　彼稷之实　行迈靡靡
中心如噎yē　知我者　谓我心忧　不
知我者　谓我何求　悠悠苍天　此
何人哉

黍离

○彼黍（shǔ）离离　彼稷（jì）之苗　行迈靡靡　中心摇摇　知我者　谓我心忧　不知我者　谓我何求　悠悠苍天　此何人哉

○彼黍离离　彼稷之穗　行迈靡靡　中心如醉　知我者　谓我心忧　不

王风·黍离

《黍离》是《王风》的第一篇，《王风》就是东周都城洛邑一带的民歌，洛邑就是现在的洛阳。周王朝的都城本来是在镐京——现在的西安咸阳这一带，但是在西周末年，周幽王因为宠爱一个叫作褒姒的女子，废掉了自己原来的王后和太子，导致了动乱。这位王后的父亲是申侯，非常有势力。他发现自己的女儿受到不公平的对待，非常愤怒，便攻入镐京，要杀掉周幽王。周幽王这个时候特别害怕，就点燃篝火向诸侯求助。可是在此之前，周幽王为了讨褒姒的欢心，经常玩一个“狼来了”的游戏。

褒姒是一个不笑的冷美人，我想，也许有点抑郁症，反正很难取悦。周幽王特别想让褒姒美人为他开颜一笑。他后来发现这个褒姒的笑点很高，怎么办呢？他就在这个烽火台上点燃烽火。在古代，烽火燃烧，浓烟滚滚，是一个了不得的事情。它意味着天子发出了求救的呼叫。各诸侯国的人只要看到烟尘滚滚，就像接到了 110 求救电话一样，就会冲过来。结果褒姒站在高山之上，看见诸侯们纷纷而来，马匹嘶叫，但是大家都不知道发生了什么。什么事都没有，他们是被戏弄了。褒姒就“扑哧”一声笑出来了。

周幽王很高兴，但这种“狼来了”的游戏，玩了几次之后他就没有信用了。当真的遇到了危险，周幽王点燃烽烟，各路诸侯都认为：根本没事，又在戏弄我们。谁都不来救他了，周幽王就被申侯杀掉了，太子即位，即周平王。经过这一系列风波，镐京残破不堪。平王把都城迁到了东边的洛邑。东迁之后，周王室逐渐地衰弱，历史从此进入了春秋战国的时代。这是一个大分裂的时期，列国纷争，群雄并起，周天子失去了对天下的掌控力，所以东迁之后的都城洛邑和旧都镐京相比，只能说是一个名义上的政治中心了，天下的诸侯已经不太服管了。

《黍离》讲的就是这样一段背景下的故事。东迁后，一个朝中的大夫在外出办事时路过了故都镐京，这时的镐京已经没有了往日的繁华，城池、宫阙都已化为乌有。这个人现在眼中看到的是一番什么样的景象呢？他说：

“彼黍离离，彼稷之苗。”

“离离”就是茂盛的样子。“离离原上草”，“离离”就是那“野火烧不尽”的样子。“黍”和“稷”都是粮食，这句话指的是，这里原来是都城，现在化为乌有，已经种上了粮食。你甚至连它破败的残骸都看不到了，一点过去的影子都没有了，眼前是一望无际的农田。

看到这幅景象，这位大夫有什么反应呢？

行迈靡靡，中心摇摇。

我走到这里，脚步渐渐地慢下来了，彷徨不忍离去，心神不宁。他其实是很伤感的。那些和我同行的人，有的人知道了我为什么停下来，就说：“你是想到了镐京昔日的辉煌，所以心中忧愁。”有一些人，不能够理解我心中的悲凉，他们不了解历史，就说：“这里只有一片黍苗，一片庄稼，你在看什么呢？为什么会在这里久久徘徊，不肯离去呢？”

人跟人情感的颗粒度是不一样的。这个时候，这位大夫的心中是有故事的，他悲从中来，发出了感慨，说：

“知我者，谓我心忧。

不知我者，谓我何求。”

这句流传太广了。同行的人，包括之前没有去过旧都的自己都已经接受了迁都的事实，好像时代早就翻篇了，不会再被过去影响了。但是此刻，我路过旧都，看到这些离离的黍苗，一下子就从所谓的“新时代”中跳脱出来，我又看到了旧日的情景，它并没有远去。

这位大夫感慨：

“悠悠苍天，此何人哉。”

这种被突然触动的家国之思、故土之悲，竟然没有一个人可以倾诉，也没有人能够理解。所以大夫说：“苍天不仁！昔日的家园怎么会衰败成这个样子呢？”这种对家园的留恋、对世事变迁的感叹引发了后世一代又一代人的共鸣，后人把它概括为四个字，叫作“黍离之悲”。通读了这首诗，你就能够理解，那种悲伤是李后主的“春花秋月何时了，往事知多少”，是李清照的“至今思项羽，不肯过江东”。这种感情是相通的。

后面两章的内容是比较相似的。农田上的粮食一直在变化，从“彼稷之苗”到“彼稷之穗”，再到“彼稷之实”，粮食在不断地生长，随着时光慢慢地有了结果。它和后面人的情绪状态是相互呼应的。人的情绪是什么样呢？从“中心摇摇”到“中心如醉”，最后到“中心如噎”。“摇摇”是忧心忡忡、心神不宁的样子。“中心如醉”就是这个人好像喝醉了酒一样。为什么要醉？“何以解忧？唯有杜康。”他就是要忘记现实中的忧愁。再到“中心如噎”，这个“噎”就是难过得喘不上气了，悲伤像石头一样重重地压在胸口，人就会哽咽。

这种“黍离之悲”一旦被勾起，人就会逐渐沉浸到环境中，好像一步一步进入到那个回不去的昨日，在故土上生发出各种思绪，最终却不得不承认，这种失去无法挽回。所以它必须是缓慢地被酝酿出来的。

诗人席慕蓉曾经说过，她跟叶嘉莹先生有过一次还乡之旅。这段旅程的情绪就只能用“黍离之悲”这四个字来形容。叶嘉莹先生是诗词大家，在她11岁的时候，她伯父就跟她讲过：“你是个蒙古族人，我们的先祖是蒙古草原上的土默特部。之后一路往东方迁徙，来到了一条河水边上，这条河叫作‘叶赫水’，我们的姓氏就来自这条河流。”大家猜出来是哪个姓吗？对，就是叶赫那拉氏。在蒙语中，“叶赫那拉”的意思是巨大的太阳。

之后很多年，叶嘉莹先生一直在想念那条叶赫水——它还在不在？它到底什么模样？我故乡的源头现在又是什么样呢？所以，后来叶嘉莹第一次见到席慕蓉的时候，就跟她说：“席慕蓉你也是蒙古族，如果你能找到叶赫水，我们就一起回故乡。”几个月后，有一个消息传来：叶赫水就在吉林省的梨树县，它还在流动，是一条很美的河流。

在很多人的帮助下，叶嘉莹先生跟席慕容一起到了叶赫水畔。那条河还在，天空中也的确有一轮很大的太阳。叶赫部的旧城已经消失了，现在那个地方是一大片玉米田，非常辽阔，一望无际。她们去的时候是九月份，玉米叶子有点干了，风吹过的时候会“哗啦哗啦”地响，像翻纸张一样的声音。叶嘉莹先生坚持要上到一个土坡上。她站在那看了一会儿，大概有十秒的时间，就对所有的人说：“这就是《诗经》中的那首诗：‘彼黍离离，彼稷之苗。行迈靡靡，中心摇摇。’”

我看到纪录片中的这一段，心里一下子就伤感了起来。在那种非常辽阔、看不到尽头的地方，你会觉得世界那么地浩瀚博大，人是非常渺小和脆弱的。正因如此，人才珍贵，我们才要聚在一起去抵抗那种宏大带给人的孤独感，这就是家园的意义。这也是为什么我们提起家园、故乡，就会觉得温暖，有那种归属感。因为我们能够找到安放自己的那个地点——人间浩荡无边，但是我是有枝可依的。这就是幸福。

在中国的文学作品中，能看到很多作家不断地书写故乡，比如莫言和他的高密、贾平凹和他的陕南、苏童和他的江南。他们的作品中不断出现家乡和各种各样的符号、风土，家乡不仅仅是故事发生的地方，也是他们自己人生的腹地，标明了他们的来历。

在叶赫水边，在九月辽阔的玉米地里，叶嘉莹遇见的是一首三千年前的诗，这多美好！想一想就很感动。她曾经是这首诗的读者，但是这一刻，她就是诗中的人。在这个一无所有的土坡上，她遇见了一首自己的诗，这就是诗词的魅力。

一首诗，也许你读它、背它的时候不会有特别深刻的感受。但是在某一个不经意的时刻，它突然会从记忆的深处浮现，跟你的生命经验产生连接。那一刻，你就真的和这首诗融为一体了，你就遇见了属于你的那首诗。

○君子于役　不知其期　曷[hé]其至哉
鸡栖于埘[shí]　日之夕矣　羊牛下来
君子于役　如之何勿思

○君子于役　不日不月　曷其有佸[huó]
鸡栖于桀[jié]　日之夕矣　羊牛下括
君子于役　苟无饥渴

王风·君子于役

《君子于役》出自《王风》，也就是东周都城洛邑一带的民歌。因为洛邑是王室的所在地，所以就叫作《王风》，即王室周围的流行歌。

我们小时候背过一首诗《天净沙·秋思》：

枯藤老树昏鸦，小桥流水人家。

夕阳西下，断肠人在天涯。

这首诗非常美妙，它没有很细致地抒情，就是纯白描，像纪录片一样。你看得到的是那些景物，一棵树，一匹马，一条路。可是非常神奇，这些字和词联系在一起，你脑中立即就有了那个画面，你能和这位远在天涯的游子共情，能够感受到夕阳西下的时刻，回不了家、在路上的那个人心里想着什么。为什么会这样呢？答案就在这首诗里。

“君子于役”的“役”,大多数情况是指去边地服兵役。“君子”在当时是指有一定身份地位的人，但在不同的诗中会有不同的含义，在这首诗里面就是一个女子把自己的丈夫尊称为君子。我们可以读到，他们家的环境——养着鸡、养着牛和羊，可知这就是一家普通的老百姓，不过日子有点小康。这也是《诗经》的一大特点，它描写很多日常的生活，让大家能够了解两千多年前的那些人究竟是怎么活、怎么爱、怎么想的。在那些日常生活里，有快乐、有悲伤，还有一点小小的纠结。

这首《君子于役》写的就是丈夫要去服役了，不知什么时候才能回来，妻子在家里非常想念他。看见鸡回到了鸡窝里，太阳下山了，牛羊从远处归来，她都会想：我家里的那个人，怎么还不回来？丈夫离开家的这段时间，两个人是分隔两地的状态，就像我们今天说的异地恋。但那个时候不像今天，有通信设备，想对方了就能打个视频电话。那个时候，人一旦去了远方，你便无从得知他在哪儿，过得好不好，累不累、冷不冷，什么时候才能够回来，一切都是不确定的。这种不确定就给人带来非常强烈的不安全感和焦虑感。

一个人基本上是常年失联的状态，这在我们今天的家庭生活中是不可想象的。这首诗的主人公就遭遇了这样的处境，所以我们会看到在每一章的开头，都是女主人用很简单的语言在诉说着自己内心的感情。我看见了什么，我心里怎么想，我又看见了什么，我还是这么想。在想什么呢？就是想你什么时候能够回来。这是一个挥之不去的主题。最让人心烦的，不是说你要一年才能回来，或者你要一个月才能回来，而是“君问归期未有期”。你说你会回来的，我也相信，可是到底什么时候呢？这件事真的非常让人抓狂，好像每天都有希望，然后每天都会失望，就这样一天一天过去，人难免会有些崩溃。

就在这样的心理过程中，女主人忽然长叹一声：

“曷其至哉。”

她非常温柔又非常哀怨地问，你到底什么时候才能回来呢？她不是愤怒，不是一拍桌子，厉声问你回不回来！而是淡淡地描述了一个画面：落日余晖，小鸡困了回了巢，牛羊回了家，一派田园牧歌的景象，一个女子站在这儿，痴痴地望着远方的道路，因为心上的那个人，还在远方。美景之美在于遗憾，那种缺憾感，就忽然被这一笔勾勒出来，非常强烈。太阳落下的时候，你觉得整颗心也重重地落了下来，而且没有办法转移，也没有办法弥补。

这个女子该怎么办呢？接下来其实有一个转折，灯火亮起来了，这位妻子说：

“君子于役，苟无饥渴。”

她说算了，你实在回不来也就算了，我认了，可我还有期待，我希望你在外面不要饿着，不要渴着。这句话看似非常平常，但感情很真挚，这就是家人。家人报喜不报忧，家人关心你飞得累不累，不关心你飞得高不高。这种关心很朴素，就是盼着你好，真心诚意地认为这些我都可以忍受，我只要你平安，只要你健康，只要你快乐。这种朴素的表达，一直影响着后面的诗歌传统。我们会在《古诗十九首》中看到，“努力加餐饭”的勉励，也是很实在的关心。

理解了这首诗，我们再来回答开头的问题。

为什么有一些词并列在一起出现，我们就能实实在在地感受到忧愁、感受到离别？这就是中国诗歌的一大特点，叫作意境。因为这些词在经过千百年的书写之后，它已经有了特定的内涵，就像魔法一样，只要它出现，你就有了情绪。比如说大雁，你就想到思归；说杨柳，你就想到送别。这些字词会唤醒我们的记忆和情绪，这就是意象。而这些意象出现在诗中，就共同构成了意境。

就拿这首诗来举例子，如果把中间写鸡、写牛羊归家、写落日的几句全部都拿掉，你就会发现，她的处境和情绪好像没什么感染力，我们很难理解她，很难与她共情。把那些白描都拿掉，缺少的是什么呢？少的那个东西就是诗境，就是诗意，剩下的就是枯燥的大白话。所以，诗之所以成为诗，就在于它需要场景，这个场景意味着画面、氛围和情绪。诗就像是一个容器，它要把这些东西装在一起，让它们发生化学反应，引起读者心上袅袅的回响。就像有人对着这个山谷喊了一声，余音袅袅，使你情不自禁地给予回应。

黄昏时分，鸡回家了，牛羊回家了，丈夫也回家了，这个就叫作“小确幸”。如果丈夫没有回来，我的心就少了一块，而少的那一块，就是生命中最重要的一块，那个小小的幸福感就被毁掉了。所以在表达情感的时候，想要有诗意，想要传达得有趣，一定要讲细节，这样才有氛围，才有情绪的流动，所谓的诗意就在这里。

这首诗不仅讲到了思念，还讲到了古人对于美好生活的理解。那种安安静静的幸福感，有鸡、有牛羊，你也在我身边，老婆孩子热炕头，这就是个好日子。在中国人的性格中，其实并不赞美冒险，传统文化中有温和的、克制的、含蓄的那一面，日常的小确幸总是能够熨贴人心。

我们会在古代的诗歌中，看到很多对于田园生活的向往。比如，"暖暖远人村，依依墟里烟。狗吠深巷中，鸡鸣桑树颠"。这就是一种自给自足的小日子，很多人都喜欢，觉得哪怕躺得很平也是一种幸福。而战争带来的动荡分离，是我们不愿意面对的，所以我们会读到很多描写思念的诗，比如"思君令人老，岁月忽已晚"，比如"忽见陌头杨柳色，悔教夫婿觅封侯"。这些其实都是在讲，我不求飞黄腾达，不求荣华富贵，只要我们能够一起，过上美好的小日子，那就是我的心之所愿。

○将仲子兮　无逾我园　无折我树檀　岂敢爱之　畏人之多言　仲可怀也　人之多言亦可畏也

将仲子

○将（qiāng）仲子兮　无逾我里　无折我树杞　岂敢爱之　畏我父母　仲可怀也　父母之言　亦可畏也

○将仲子兮　无逾我墙　无折我树桑　岂敢爱之　畏我诸兄　仲可怀也　诸兄之言　亦可畏也

郑风·将仲子

《将仲子》出自《诗经·郑风》，郑风是郑国的民歌，郑国主要在今天的河南郑州一带。对于郑风，孔子有一句著名的评价：“郑声淫。”这三个字的意思并不是说，郑国的民歌流传的都是一些低俗淫乱的故事，这个“淫”字是指“过度”的意思。比如梅雨季节，我们说“淫雨霏霏”，就是雨下得实在太多了，没有节制，过度了。所以孔子的意思是说，郑国的音乐太花哨，节奏音调变化得非常多，技巧也比较多。

《礼记》曾经记载，魏文侯在听雅乐的时候，总是害怕自己打瞌睡，但是听到郑国音乐的时候，他就既兴奋又陶醉，不知疲倦。这其实就是雅乐和郑声的区别，雅乐是正式场合才会演奏的，所以比较庄重，音调也相对单一。郑风朗朗上口，千变万化，更贴近日常的生活，比较有情趣，所以会取悦人的耳目。这首《将仲子》，就是郑风的代表作。

我们都知道李白有一首脍炙人口的诗——《将进酒》。这里的“将”和《将仲子》的“将”一样，是一个动作，指

“请”的意思。“将进酒，杯莫停”就是在劝酒：来，今天我们遇到了，彼此这么开心，各位举起酒杯痛饮吧！

《将仲子》是一个女孩子对仲子的请求。仲子是谁呢？这不是一个人名，而是一个称呼，就是家里的第二个男孩子，排行老二，要是叫得更俏皮一些，那就是小二哥。这个女孩子对小二哥，有什么样的请求呢？

第一段，她说：

“将仲子兮，

无逾我里，无折我树杞。”

这个“里”指的是“邻里”。古代的居住形态是“五家为邻，五邻为里”，也就是说每五户人家，就组成“一邻”，每五邻，也就是二十五家，才组成一个“里”，一个“里”就可以称作一个社区了。这里说的“无逾我里”，就是姑娘在讲：“你不要进到我们家的这个社区里来。”

第二段，这个姑娘又说：

“无逾我墙。”

这个“墙”其实就是“里”的外墙。当时，每个里都会修筑一道外墙，以起到防护的作用，把这二十五户人家保护起来，像我们今天的小区，也是一圈外墙围着几栋居民楼。这个姑娘提醒说：“小二哥，你可不要翻越这道墙。”从这里我们就能发现这两个人是有情感的。姑娘是在说：“你要是翻墙进来，就把邻居们都惊扰了。”

接着姑娘又对小二哥说：

“无折我树杞。”

后面还有——

“无折我树桑。”

“无折我树檀。”

“杞”就是“杞柳”，杞柳的质地柔软，可以用来编筐子。“桑”就是“桑树”，桑叶可以养蚕宝宝，结的果实叫桑葚，可以吃，还可以入药。“檀”就是檀树，檀树的质地很坚硬，古人会用它造车轮，所以并列在一起。小二哥如果要翻墙，就会弄坏这三种树，这都是姑娘家，甚至是整个社区里重要的财产。

古人种树不是为了绿化，树都是有一定的作用的，它是经济作物。而且树在古代不止有经济价值，它还有一些美好的寓意。诗里的这几棵树，可能也不是一般的树，而是社树，是这个地方的保护神，就像地标一样。如果在某一个社区里，有一棵大树挂满了各种各样的红纸条，它就是一棵许愿树，是供大家祈福的。为什么在一些社区里面会有这样一棵树，还会有很多以树为中心的文化活动呢？

这个“社”字，右边有一个“土”，所以“社”的意思就是土地神。社树有一点类似于远古时期的部落图腾，是这个社区的精神信仰，是一个情感上的安慰，精神上的寄托。所以这个姑娘对小二哥说：“你可不要翻墙，不要把树弄坏了。

如果我们之间谈恋爱会把社树弄坏，那邻居们就不答应了。”但姑娘又觉得这样讲，会让小二哥觉得她很无情，好像她只担心树的安危，并不关心他是不是摔倒，是不是想她。所以姑娘接下来又找补回来，说：

“岂敢爱之？畏我父母。

仲可怀也，父母之言，亦可畏也。”

这句的意思是说：“我哪里是舍不得树，我是担心我的父母会知道。我虽然非常牵挂你，但是父母的话也要听。如果他们责骂了我，我就会害怕。”这个聪明的姑娘，立即就安慰到了她的情郎。接下来两段的内容基本差不多，都是姑娘请小二哥不要翻墙到自己家的附近来，否则引发兄弟和邻居的流言，会让自己很尴尬、很头疼。

她担心别人的指指戳戳，这就是“礼”。我们在《诗经》中看到过很多讲爱情和婚姻的诗，这首诗讲的就是热恋期的少女，那种渴望爱情、又有所顾忌的心情，就叫“发乎情，止乎礼。”

这首诗将这种状态刻画得很生动，这个女孩子一边要安抚心上人急切的心情，让他不要着急、不要生气，另一方面依然坚持自己的原则，不让恋情成为别人的谈资，甚至为环境所不允许。我们两个谈恋爱不能影响到别人，小二哥你又翻墙头，又破坏树木，看似轰轰烈烈，但你忽略了我的感受和处境。

这才是礼制中最重要的部分。有一些人会说我喜欢你，我们两个在一起，根本不在乎别人怎么看，这种想法才浪漫。

但是在《诗经》的礼教里面，不是这样的，它不认同这种浪漫。被礼法所允许的浪漫是什么呢？一个男孩为了和一个女孩在一起，如果得罪了女孩的家人，甚至把她周围的人全得罪光了，这不叫浪漫，这是不负责任。所以《红楼梦》里面，宝玉跟黛玉哪怕是彼此非常有情的，从小到大都住在一起，两个人之间亲密无间，但是他们并没有逾越规矩的私情，这个也叫作“止乎礼”。如果为了一时的激情，就做出逾越礼法的行动，在古人看来是相当不成熟的，是要接受惩罚的。

我们去理解一首诗，一定要去追溯它的源头，回到当时的时代背景里，这样才能理解《诗经》里面所流传下来的中国式情感。它讲究的是平和，是“发乎情，止乎礼”，因为只有这样，一段感情才能细水长流。如果一个人用极端的、带有破坏力的方式来表达爱意，那在古人看来这不是真正的爱，而是一时的激情。一时的欲望是不会长久的，这就是为什么在《红楼梦》中，贾母很不喜欢那些才子佳人的小说。她在看戏时就说：“那些女孩子，只一见了个清俊的男人，不管是亲是友便想起终身大事来。父母也忘了，书礼也忘了。鬼不成鬼，贼不成贼。哪一点是佳人？”这表达了中国礼制里面的规矩，展现了古人是怎么样对待感情的，以及他们所允许和赞同的感情方式是什么样的。我们要理解《诗经》，理解中国式的感情，就要回到文化的源头，回到那个时代去通读它。

为什么我们现在对待感情有各种各样的表达，有各种各样的态度？古老的《诗经》和礼制，究竟给我们带来了什么样的影响？《将仲子》中的这个姑娘，是古代一位真正的佳人。我们今天的人来看几千年前这个女孩子的内心独白，可能会被她的坦率和真挚所打动，也会欣赏她在热恋期依然能够保持冷静，不伤害自己、伤害别人的举动，这位女子在恋爱中所坚持的原则，你是不是也认可呢？

○知子之来之　杂佩以赠之　知子之顺之　杂佩以问之　知子之好之　杂佩以报之

◯女曰鸡鸣　士曰昧旦　子兴视夜　明星有烂　将翱将翔　弋凫与雁

◯弋言加之　与子宜之　宜言饮酒　与子偕老　琴瑟在御　莫不静好

郑风·女曰鸡鸣

《女曰鸡鸣》讲的是一个清晨，一对年轻的夫妇在聊天的故事。这些悄悄话是怎么说的呢？我们先来看第一段。

女曰鸡鸣，士曰昧旦。

子兴视夜，明星有烂。

将翱将翔，弋凫与雁。

妻子说，鸡已经叫了，我们快起床吧；丈夫很不情愿，想赖床，说天还没亮，“昧旦”就是天还没亮的时刻。妻子说，你自己起来看看，启明星都亮了。丈夫这个时候可能还有点迷迷糊糊的，没有完全醒，就说，那好，我起来去射点野鸭和大雁。

我们都知道一个故事，叫作闻鸡起舞，讲的是祖逖为了练剑，早上听到鸡叫声就起床，到院子里面去舞剑，后来成为我国著名的军事家。这个成语是在鼓励人们一定要勤奋，天道酬勤，但要真的做到鸡一叫就起床，努力地锻炼本领，那可真是太难了，尤其是冬天的时候，谁不想在热乎乎的被窝里多躺一会儿？

为什么早起这么重要呢？虽然我们今天也要面对这个问题，好像一旦要过自律、健康的生活，就要从早睡早起开始，但没有人想过这背后有什么样的道理。放在古代，这个问题其实更清晰，因为早起不仅仅是一个人的事，它更是一家人的事。在很长一段时间，古代人是没有夜生活的，很多穷苦的老百姓，连灯油和蜡烛都买不起，所以夜晚没有照明。那么耕地、织布，还有诗中提到的打猎，这些事情都必须在天亮的时候才能进行。这些事关乎一家人的生计，所以早起就变成了一种美德，一种对品行的要求。

丈夫鸡鸣而起，无论是上朝还是劳作，就是一种端正的生活态度，表示着我要为这个家负责，让你们吃得饱穿得暖；而妻子早起操持家务，也是一种勤勉持家、有礼有节的体现。所以在古代，天天睡懒觉是要被看不起的。

我们也会有一种固定的观念，觉得古代的夫妻关系就是出嫁从夫，妻子应该对丈夫言听计从，但真的是这样吗？读了这首诗，我们就会发现这里面有误解。其实在道德和精神的层面，丈夫是更依赖妻子的劝导的，所以一个好女人就是一所好学校，这首诗中的妻子就在劝丈夫，你要早起，不要偷懒，你可是我们全家的指望。

大家记不记得《红楼梦》里面对薛宝钗的判词，“可叹停机德”，这个“停机德”出自一个典故，说的是汉朝有一个叫作乐羊子的人，他出门求学，学了一年就回家了，就放弃了，觉得太累。等他回到家，就看到他的妻子正坐在门口织布，妻子一看他回来了，做了逃兵，就拿了一把刀来，要把织布机上的丝给割断。这个妻子对丈夫说："一匹绢是丝线一根根织成的，学问也是一点一点积累起来的，你现在半途而废，这和我砍断丝线有什么不同。"要知道在古代，一匹丝、一匹绢，就相当于真金白银，它非常值钱，那就等于把钱扔到火里烧了。就这样，乐羊子被妻子感化，他又出门求学，直到学成才回家。这位妻子就是古人心中的贤妻。

妻子有德行、有才能，丈夫也重视妻子的劝诫，这才是美好的夫妻关系。从薛宝钗，一直上溯到《诗经》，我们会发现，古人认为夫妻关系，是一种在"理"的层面上的平等。再亲近的关系，我们也不能够放纵，要督促和约束对方，让你成为最好的模样，这是自爱的方式，也是成年人爱别人的表达。

我们接着来看第二段，这个丈夫不是说了吗，我起床要去打猎了，那妻子马上就说：

"弋言加之，与子宜之。

宜言饮酒，与子偕老。

琴瑟在御，莫不静好。"

妻子说，你早起打猎很辛苦，但是你要是把野味带回家，我就做成美味佳肴，我们俩一起喝点小酒，就这样白头到老。我弹琴、你鼓瑟，这生活多美好。这个场景一想就觉得很浪漫，而且有那种小确幸，因为有人跟你一起慢慢地变老。

琴和瑟是两种乐器，它们同时弹奏的时候，音调非常和谐，叫作同频共振，象征着夫妻两个人的融洽，在精神上和生活上能够有共鸣，共享快乐。至于最后那四个字“莫不静好“，真是太动人了。我们都知道“岁月静好，现世安稳”，就是当年胡兰成给张爱玲写婚书时候的一个心愿，这八个字不知道打动了多少人。这就是我们对于理想爱情、美好婚姻的期待，它意味着跟身边的这个人，一起吃好多好多餐饭，跟身边的这个人，一起有好多好多美好的记忆。

这一段对话非常生活化，特别朴素，也特别接地气。我们在其中能够感受到夫妻之间相互的体谅和爱护；而且这个妻子非常聪明，她能够描绘出情景来，让这个丈夫一下子就对自己未来要过的生活有一种确定感和幸福感，这不仅仅是生活的智慧，也是婚姻的智慧。婚姻中不能仅仅是教育、劝诫和约束对方，还要有互相扶持等非常柔软的一面。

当然，爱一定是相互的，如果只是一个人在努力，两个人的关系就不会平等，也很难获得真正的幸福。所以这首诗接下来，就讲到了丈夫的态度。听完了妻子的话，丈夫是怎么回应的呢？他说：

“知子之来之，杂佩以赠之。

知子之顺之，杂佩以问之。

知子之好之，杂佩以报之。”

反复咏叹。你对我真好，这么关怀，这么体贴；我要送给你坠有各种玉的配饰，表达我的爱意。

这简直就是教科书一样的回答，既表达了理解，也表达了自己的感恩和爱的回馈，让妻子知道，她的这一片心意没有被辜负，他都懂。这个“懂”字是非常不容易的。男子究竟懂了什么呢？妻子看起来好像在说，你带了野味回来，我们晚上就好好吃饭，但背后的语言就是在说，我爱你，我喜欢和你一起这样长长久久地生活下去。丈夫好像是说，我要给你买各种各样漂亮的珠宝首饰，背后就是在表达，我能够被你爱，真是幸福，我也同样爱你。这就是流动的爱，一种自然的正向反馈。

所以我们说学习爱和被爱，是人生非常重要的课题。当年闻一多先生读到了这首诗，就给出了一个判断，说“乐新婚也”。有人说这个评论不够好，没有讲出作品的诗意和浪漫。难道一定要在新婚期、蜜月期，才能够有两个人的小幸福吗？这首诗展现的，恰恰就是日常生活的幸福。

所以婚姻不是一瞬间的天雷勾动地火，它是日积月累，点点滴滴的懂得。美国诗人惠特曼的《草叶集》，里面有一首诗是这么说的：“夜深了，男人的手搭在女人的腰上，女人也是。”特别简单，但是又十分动人，就三句话，为什么能成为一首诗呢？因为这就是日常。日常生活中自然平实的爱意，不是惊天动地、生死相随的爱情史诗，它是热烈过后的温馨，是生活中的细节，是每个人都有可能遇到的真情。

《女曰鸡鸣》中的对话其实就在说一件事儿：每一个平常的日子，都可以很有诗意。

○萚(tuò)兮萚兮　风其吹女(rǔ)　叔兮伯兮　倡(chàng)　予和(hè)女

○萚兮萚兮　风其漂女　叔兮伯兮　倡　予要(yāo)女

郑风·萚兮

《萚兮》是《诗经》里非常有意思的一首。它虽然很短，但信息量很大。这首诗只有两段四句，如果我们把诗里的语气词全部去掉，能剩下来的大概也就十个字。十个字颠来倒去地组合，怎么就会信息量很大呢？我们来细说。

先看第一句：

萚兮萚兮，风其吹女。

后面还有：

萚兮萚兮，风其漂女。

这个“萚”字是指落叶。“萚兮萚兮，风其吹女”就是枯黄的叶子，风把你吹落了。说明秋天到了，叶子黄了，风一吹，它就飘落了下来。这是一个很优美的情景。

从《诗经》开始，一直到唐诗宋词，我们很多的诗词都会描写秋天。秋天给人什么感觉呢？“离人心上秋”，“心”上有个“秋”便是愁，落叶就会给人这样的感受。

我们背过杜甫的“无边落木萧萧下，不尽长江滚滚来”，看到叶子纷纷落下，杜甫想到的是“艰难苦恨繁霜鬓”，这人世间的苦难和烦恼都染白了我的头发，而我的生命像落叶一样飘零。还有司空曙的那句“雨中黄叶树，灯下白头人”，秋天到了，一场一场的冷雨，树的叶子由绿变黄，最后一片一片地被吹落。而那个微弱的烛光下坐着一位老人，他的白发也一根一根地代替了青丝，这就是在讲逝去。

为什么我们大量的诗词都在写秋天和落叶，都在写逝去和离愁？因为一到秋天，这颗心好像就格外悲伤，正所谓“秋风秋雨话秋凉”。秋天是凋零的季节，万物慢慢地衰败、腐朽。人们眼看着这一切发生，心中积累了隐隐的哀愁，好像落叶唤醒了我们心里那点悲伤，于是落叶就成了中国诗歌中一个很重要的意象。

在这背后隐藏的是中国人对于生命的理解：在我们最传统的观念里，生命只有一次。它一往无前，不可回头，没有什么前世今生，没有什么轮回转世。我们不会觉得有一些东西今生没有得到，没关系，还有下一世，我们可以放一放，可以很快乐地跳过这一关；有一些感情这辈子没结果，没关系，下辈子有机会再续前缘。我们现在是高兴的，我们也不会觉得人死后就必然能够上天堂，生命会在另外一个世界美好快乐地延续下去。我们感受到的，是生命，只是活在人世间的这几十年，是我们能够拥有的全部时间。

中国人用时间的长度来衡量生命，便格外在意时间的流逝。“白驹过隙”“寸金难买寸光阴”都是在提醒人们：你要珍惜时间，这相当于珍惜生命本身。所以苏东坡在游赤壁的时候，会感慨“哀吾生之须臾，羡长江之无穷”，长江可以流淌千年无穷无尽，而我们的一生，它只是宇宙中的一个瞬间，太小太小了，而且没有办法重来。

唐伯虎写过一首《七十词》：

人生七十古稀，我年七十为奇。

前十年幼小，后十年衰老。

中间只有五十年，一半又在夜里过了。

算来只有二十五年在世，受尽多少奔波烦恼。

你看，这首诗都是大白话，但能看出时间让我们多么焦虑。我们斤斤计较，觉得一分一秒都是煎熬，而且唐伯虎说“人生七十”，但他自己也只不过活了五十多岁。即便能够活到七十岁，一半的人生也是在睡梦中度过的。我们常常会觉得时间太不够用了，我们还没能尽情地活好，所以出于对生命的重视，我们就会对时间格外敏感，它首先会体现在对四季流转的感慨上：每逢春天，我们为万物生长而喜悦；秋天来了，我们又为万物凋零而伤感。

这是一种很自然的情绪，可是人的伟大之处就在于我们发明了一个词，叫作“态度”。

用什么样的态度来对待凋零，用什么样的哲学来化解哀愁呢？《萚兮》的后半段就给出了答案——

“叔兮伯兮，倡，予和女。”

“叔兮伯兮，倡，予要女。”

这个地方要提醒一下，在朗读的时候，读完这个“倡”

字，最好微微地停顿一下，然后再读“予和女”或者“予要女”。“倡”指歌唱，“和”指应和，“要”是“和”的意思，这句话连起来就是在讲：哥哥啊，弟弟啊，唱吧唱吧！我来应和你；唱吧唱吧！我们在一起。

生命是会流逝的，叶子是会掉下来的，它们都一去不回头，而且无法改变。那怎么办呢？唯有改变我们对待它的态度。如果生命这么短暂，这么令人无奈，我们用什么方法来缓解这种愁绪呢？《萚兮》就提出一个解决方案：我们不要去思考生死这样沉重的大事，我们再怎么讨论它、为它焦虑，它也无法避免。不如趁着现在依然能够眼睛看着眼睛、手拉着手，我们能够感受到彼此，就一起唱歌吧！在短暂的生命中与身边的人建立联系，用人跟人之间的温情去化解这种生命凋零带来的悲凉。这是不是一个很好的方法？所以我们也就理解了人为什么要度过很多很多的节日，要有很多很多的庆祝，就是为了让人跟人之间建立起联系。

有人说“叔兮伯兮”，是一群朋友在一起唱歌，也有人说这是一个女孩子在对喜欢的男孩子发出邀请，请他跟自己来合唱。不管是友情还是爱情，其实都是能够抵抗孤独、对抗虚无的感情，它让人觉得温暖和饱满，让人不那么害怕，不会落单。中国的文化对于生命有着独特的理解，我们也会格外看重每一个平凡的日子，格外珍惜生命中遇见的人。就是因为生命只有一次机会，没有人能够活成孤岛，我们需要和他人站在一起、建立联系，去获取一种安全感和确定感。

所以“叔兮伯兮”，当看到落叶飘零，不要一直沉溺于哀伤，让我们一起来吧！来唱歌，来娱乐，可能还喝一点小酒，敲着鼓。当你唱的时候，我来大声应和。这种一唱一和，其实是增进彼此感情的方法，就像钟子期遇见俞伯牙——他们用琴声来沟通。让我们的感情融合在一起，当我大声唱，你要低声和，你跟我之间心意相通，我们就能唱出同一首歌。

正是通过爱情、通过友情，那些孤单的、渺小的人才被紧密地联系起来，从而找到让心灵获得安宁的方法。如何克服因生命短暂而产生的不安？那就是我们在一起，在终将消逝的生活点滴中，共同寻求一点点温暖、一点点安定。哪怕它是短暂的，它也会让我们觉得，我们的一生是很值得的。

子衿

○青青子衿 悠悠我心 纵我不往 子宁不嗣音

○青青子佩 悠悠我思 纵我不往 子宁不来

○挑（tāo）兮达（tà）兮 在城阙（què）兮 一日不见 如三月兮

郑风·子衿

五代的时候有一位词人叫作牛希济，他著名的词作《生查子》里面有一句这样写，“记得绿罗裙，处处怜芳草”。这是一个清晨，你我要离别了，姑娘两行清泪，一身绿裙。这抹身影，这个情景，这种情绪从此就刻在诗人的心里，以至于他无论走到哪里，只要见到绿色，他都心生爱怜。那姑娘穿的是一条绿色的裙子，所以现在连看见芳草，他都觉得是她的化身。

在《诗经》当中，也有这样一首经典的诗作，就是《郑风·子衿》，连诗中提及的颜色都非常相像。这首诗的前两句特别出名：

青青子衿，悠悠我心。

我当年一听到这两句，就认为如果把它做成衣服，穿上应该很好看，有种“低头弄莲子，莲子清如水”的温柔。

周振甫老师曾经把这两句翻译成“青青的是你的衣领，长长地挂在我的心头”。这个“衿”字就是衣领的意思，它很有现代诗的美感，把抽象的思念、爱怜转化成了非常具体的感受。看见你青青的衣领，然后这个“青”字，这抹颜色就好像淡淡地笼罩在我的心头，让我心中泛起了绵长的思念和哀愁。

为什么青色会如此恰到好处呢？这就涉及中国人对于世界的理解。早在先秦时期就有五色之说，五色即“青、赤、黄、白、黑”，分别对应五行中“木、火、土、金、水”，然后衍生出五德、五味等等，这就是世间万物运行的道理。其中青色属木，充满生机盎然之气，它也代表着文化，因此学子的服装是青色的，“青青子衿”也逐渐地成为知识分子、才子的代称。比如曹操在《短歌行》中就说，“青青子衿，悠悠我心。但为君故，沉吟至今”，他表达的不是相思、不是爱情，而是说，我思慕天下名士，求贤若渴，希望这些人才都能够辅佐我。

《诗经》里的《子衿》说的就是一个女孩子在思念她的心上人，那个心上人玉树临风、充满生气，叫作“绿袖青衿美少年”。和这句相似的是下面这一句：

青青子佩，悠悠我思。

佩，是系着佩玉的绶带，风吹过的时候，它就会微微地摆动。环佩的叮咚声是那么的美，就像我的思念一样，绶带有尽头，我却思君如流水，没有穷尽。这两句写相思，也写回忆，都非常美，而且有乐感。

在这个回忆里，为什么女孩子印象最深的是衣领和绶带呢？那是因为这个女孩总是很害羞，爱低着头，她在心上人面前还是非常矜持的。所以回忆里的画面，其实没有那个人具体而清晰的面目，而是看见了你的衣领，看见了你的绶带，你系佩玉的那根绳子，充满了初恋的青涩和甜蜜。徐志摩有一句诗，写的也是这样的场景，说“最是那一低头的温柔，像一朵水莲花不胜凉风的娇羞”。

前两章写的都是回忆和相思，是脑海中的画面，到最后一段就从虚转到了实，交代了这个女孩子的实际情况。

挑兮达兮，在城阙兮。

这里的“城阙”指的是古代城门两边的高楼，过去那里是用来瞭望或防守的。女孩子在这里干吗呢？“挑兮达兮”，就是快速地、不停地走动，来来回回地走。因为着急或者觉得不安，就忍不住来回地踱步。

一个女孩子为什么要站在城门楼上焦急地徘徊呢？

纵我不往，子宁不嗣音？

她在抱怨，说纵然我不去你那里，你怎么不能让人传个音信回来呢？让飞鸽飞回来，上面绑个字条，不是也挺好吗？

纵我不往，子宁不来？

纵然我不能去，你怎么也不来找我呢？“纵我”和“子宁”是相对的，“纵我”就是我好急切，纵然我不能这么做，但是你难道不理解我的心情吗？这就是一个女子的嗔怪。她把自己的思念和矜持都表达出来了，说你怎么那么不懂我？这是非常娇俏和可爱的小女儿神态，看似无理，其实饱含深情，你怎么能够让你走你就真的走了呢？你为什么不来哄哄我呢？

这也是中国古代诗歌中一个很有趣的传统，在后世也能看得到。比如李白有一首诗叫《春思》，最后一句，“春风不相识，何事入罗帏”，就是一个女子在责怪，春风你来干什么呢？你这么不识相，惊扰了我的好梦。但其实她是想说，春风你打扰我了呀！我在梦里跟远方的丈夫相会，你把我叫醒干什么呢？你太无礼了。这就是无理之妙。所以我们读诗，要去读诗背后它没说出来的潜台词，这样才能够真正读懂诗的内涵。

表面上我是在嗔怪你，其实是因为我内心空落落的，我忍不住想，万一你是懂我的呢？万一你只是在哪里被阻碍了，终究还是会来的呢？用这种方式来安抚自己内心的不安，这种如怨如慕的情绪，潜台词就是在表达我很想你，你有没有想我呢？钱锺书先生说，这两句便是“薄责己而厚望于人”，开后世小说言情心理描绘的先河。现代小说中那些细腻的心理活动、饱满的情绪表达，其实是从《诗经》中一层一层传递到今天的。

现在我们知道了，这个女孩子站在城楼上走来走去，是在等她的心上人。她一边回忆着过去的种种美好，一边在楼上徘徊，还会再顺着城楼向远处望一望，然后小声地嘀咕：

一日不见，如三月兮！

我一天都没有见你，好像隔了几个月那么漫长。

她好像是在解释自己的这种焦虑，却道破了天下有情人的心思。“思君令人老，岁月忽已晚”，这背后蕴含的是我们传统文化中对于时间的理解。昼夜交替，四季轮转，时间就是生命的秩序，它不可撼动，也无法更改，一往朝前，不会回头。但是情感却会让时间变形：快乐的时候你觉得时间过得好快，总是短暂的；可是相思之苦非常难熬的时候，一天也变得格外漫长，你觉得分分秒秒都在受苦。

这就是城楼上的女子的真实写照，她在那里徘徊踟蹰，甚至发脾气、跺脚，抱怨“你怎么那么笨呢？你个笨蛋怎么还不来呢？”这其实都是在说，人生最美好的年华，我就想和你厮守在一起。这就是相思。

○坎坎伐檀兮　置之河之干(gān)兮
河水清且涟猗(yī)　不稼不穑(sè)　胡取禾
三百廛(chán)兮　不狩不猎　胡瞻尔庭有
县(xuán)貆(huán)兮　彼君子兮　不素餐兮
○坎坎伐辐兮　置之河之侧兮　河
水清且直猗　不稼不穑　胡取禾

三百亿兮　不狩不猎　胡瞻尔庭有县特兮　彼君子兮　不素食兮

○坎坎伐轮兮　置之河之漘(chún)兮　河水清且沦猗　不稼不穑　胡取禾三百囷(qūn)兮　不狩不猎　胡瞻尔庭有县鹑兮　彼君子兮　不素飧(sūn)兮

魏风·伐檀

《魏风》中的魏国，不是战国时期的魏国，而是周天子最初分封诸国的时候形成的魏国，也叫“古魏国”，大约是在今天的山西芮城一带。《魏风》中的很多诗写的都是普通劳动者的艰辛，《伐檀》就是其中比较有代表性的一首。

孔子曾经说过:“《诗》可以兴，可以观，可以群，可以怨。”兴、观、群、怨，就是《诗经》的四大功能。

这里的“兴”不是“赋、比、兴”的“兴”，而是指在学习《诗经》的过程中要多联想，结合自己的经历去感受诗中的感情，这样这首诗才能化到你的身体里，成为你表达的一部分。

“观”就是指“观风俗之盛衰”,也是指“考政治之得失”。《诗经》是诞生于日常生活中的，在我们的生活中，不只有个人的喜怒哀乐，还有人们对于社会的看法，这个就是观点。我们要善于发现他人对于某件事是怎样评论的，产生了什么好的观点可以供自己思考和借鉴。

“群”是“和而不同”的体现。人跟人之间总有很多的不同，有的时候，我们会因为别人跟自己想的不一样，就会去诋毁他，或者看不上他，或者划清界限把他拉黑。其实这都是孔子不赞同的。通过诗歌，人们其实可以更好地交流思想，寻找共鸣，也能对不一样的声音更加地包容——你跟我不同，但我们依然能够美好地交流和沟通。

什么叫作“怨”呢？它不是指怨气，它是“怨刺上政”，就是对于不合理的政治现状，老百姓也是可以批评和讽谏的。而不是“自扫家中门前雪，不管他人瓦上霜”，我们都是要参与的。

所以你看，《诗经》里面的这四种功能是很现代的。我们要讲的《伐檀》中，既有“观”也有“怨”。

所谓“伐檀”，就是砍伐檀树。

在诗的第一段我们会读道：

“坎坎伐檀兮，置之河之干兮，河水清且涟猗。”

“坎坎”就是砍树时候的声音。这句说的是：一个人把檀树砍好，“砰，砰，砰” 放在了河边。放眼看过去，河水清澈明亮、碧波荡漾。但是这个砍树人无心看风景，因为他的心中泛起了波澜。

不稼不穑，胡取禾三百廛兮。

不狩不猎，胡瞻尔庭有县貆兮。

“稼”“穑”就是种庄稼和收粮食。“县”通“悬”，悬挂的意思。“貆”指的是一种山林中的幼兽，是猎人的猎物。

这句话的意思就是为什么你不种庄稼、不收麦子，地里的粮食却有三百廛这么多呢？你不劳动也不打猎，家里却挂满了鸟兽和野味呢？这个“你”，就是“我”的对立面；我们呢，每天如此辛苦、如此劳累，却一贫如洗、一无所有。

这位伐檀者最后愤怒地说：

“彼君子兮，不素餐兮。”

你们这些高高在上的人，不就是吃白食的吗？这是一个劳动者对于上位者的控诉。

我们现在说，一个人占着职位但不做实事，叫“尸位素餐”。《汉书》提到“今朝廷大臣，上不能匡主，下亡以益民，皆尸位素餐”，就是在抨击那些无功受禄、贪得无厌的人骑在普通劳动者的头上来欺负人。这里的“素餐”也是在讽刺那些不劳而获的人。

这首《伐檀》后面的两段跟第一段相比，只有个别字的改动，基本内容都没有改变。这样一唱三叹，不断质问上位者，就让那种愤懑的情绪一步一步推进，很有感染力——无论如何都要给我一个说法——可见劳动者非常痛恨“素餐”之人。

让伐木者最生气的是什么呢？是自己明明是劳动者，但劳动成果却落入了他人的口袋。付出与回报不成正比，无论如何努力，都得不到自己想要的生活，享受不了自己劳动的成果。那些高高在上的君子，只是因为投胎在贵族之家，就可以理所当然地享受别人创造的财富吗？

读的时候我们会不会想，既然他说的那些人这么讨厌，他非常愤怒，为什么还要用清水来洗心呢？从这三段的首句中，伐木者对眼前所见河水的形容是“涟猗”“直猗”“沦猗”，这些词都是指泛着微波的水面。水色非常美，似乎给这首诗带来了一些清澈明亮的基调。就像《楚辞·渔父》中所说：

沧浪之水清兮，可以濯吾缨。

沧浪之水浊兮，可以濯吾足。

水清就可以用来洗我冠冕上的带子，水浊就可以用来洗脚，所以清水和浊水的比喻有着完全不同的指向。

这个人都这么生气了，为什么要反复地说水清澈透亮，难道不应该用浑浊的水来起兴，讽刺那些无功受禄、欺负他的人吗？其实我们仔细地推敲就可以发现，恰恰是在清澈的河水边，我们才能够理解这个伐檀者为什么会有这样的情绪。

“河之干”“河之侧”“河之漘”描述的都是他们砍伐檀树的地点，也就是河岸边。檀树是一种质地很硬的树木，它适合用来做成车或者是那种不太容易毁坏的家具。所以后面出现的“伐辐”“伐轮”都是指在制作车的零件。

为什么要在河边伐檀呢？一来，他们需要水把木材运出去；二来，车轮的制作和检测也都离不开水。古人在制作车驾的时候会把木料放到火上烤，然后把水洒在木料变形的地方，让直的变弯、弯的变直，这样塑形之后的木头才能制作出各种形状的零件。同样的，检测车轮是否合格的重要方式就是要把车轮放到水中，看它四周吃水的深度是否相同。也就是说，从砍伐树木、制作车轮到检测车轮，伐檀者们会一直在水边工作。清澈的河水不仅仅是他们劳动时看到的自然景色，也是他们终日劳作、不得空闲的暗示。

在这首诗中，那个被人讨厌的“君子”，不仅不劳而获、贪得无厌，而且带有一些盘剥底层劳动者的色彩。这就有点颠覆我们对“君子”的印象。你会说，这里是不是用错了呢？“君子”不是指那些品德很高尚的人吗？它还有一个意思，就是指一般的贵族男子。所以这首诗里讽刺的显然不是品德高尚的君子，而是那些出身高贵、投胎比较好的人。他们德不配位，作为一个国家的掌权者，对老百姓的劳动和生活丝毫不关心、不了解，只顾自己享乐。这首诗里反复称呼这些人为“君子”，是一种反讽的手法。

《诗经》收录这些抱怨社会不公的作品，也是希望以此来警醒上位者：底层的老百姓承担着沉重的赋税，在生活中吃尽了苦头，受着罪。他们有最真实的感受和体会，所以发出的声音很值得警醒，它是格外有力量的。这就是“兴观群怨”中的“怨”，他们对君子的讽刺是句句落在实处的，君子们也并非绝不可以批评的。这些鲜活的声音为《诗经》注入了无限生命力。

〇硕鼠硕鼠　无食我苗　三岁贯女　莫我肯劳　逝将去女　适彼乐郊　乐郊乐郊　谁之永号

○硕鼠硕鼠 无食我黍 三岁贯女(rǔ) 莫我肯顾 逝将去女(rǔ) 适彼乐土 乐土乐土 爰得我所

○硕鼠硕鼠 无食我麦 三岁贯女 莫我肯德 逝将去女 适彼乐国 乐国乐国 爰得我直

魏风·硕鼠

《魏风》中的这篇作品大家是比较熟悉的，它不仅是《诗经》中的名篇，也是我们上学的时候都要学的课文，这就是《硕鼠》。

《硕鼠》出自《魏风》。魏国的地理位置是有点尴尬的，它夹在老牌霸主晋国和新兴强国秦国的中间，所以在政治上、经济上都受到双重的压制，包袱很重。在这种情况下，魏国当然有危机感。因此它就要大力地发展军事来提升国力，以防挨打。这样一来，国家在军政方面的开支就会大大地增加，王室要节衣缩食。

可是，面对个人的享受和国防的实力，魏国的君主该怎么取舍呢？他表示“我两个都想要”“既要又要还要”。那么怎么办？受罪的就只能是老百姓了。所以当年的魏国，底层人民赋税多，大家被剥削得苦不堪言，老百姓怨声载道。也正是在这个时期，出现了这样一批反映民生疾苦、讽刺统治者贪得无厌的作品，《硕鼠》就是其中的代表作。

先来看第一句：

硕鼠硕鼠，无食我黍。

三岁贯女，莫我肯顾。

“硕鼠”就是非常肥大的老鼠，也可以理解成田鼠。它喜欢吃粮食，吃豆子、黍米这些农作物，会跟老百姓抢食，所以老百姓都很讨厌它。“黍”是粮食的代称。“三年”是一个虚指，是很多年的意思。“贯”通“宦官”的“宦”，这个字的本意指的是给贵族做奴仆，在这里就是“供奉”的意思。这句话连起来就是在讲，你们这些肥硕、可恶的大老鼠，不要再吃掉我的粮食了。这么多年辛辛苦苦地养活你，结果你却不顾我的死活。这里的大老鼠暗喻的就是当朝的统治者。

麦子、小米这些粮食，都是我们农民“粒粒皆辛苦”种植出来的，却一直供奉给你们这些“硕鼠”享用。你们剥削、享用了我们的劳动成果，却一点都不感念，反而对我们如此刻薄寡恩，不顾及我们的生存权益。这个时候农民们就大声地说：“有本事，你们别吃我种出来的粮食！”这是一个觉醒的呐喊，尽管这份觉醒还比较朦胧，但它已经触及了矛盾的核心——民众和统治者之间尖锐的对立。

所以，我们会在诗中看到老百姓反反复复地呵斥那个肥大的老鼠，“硕鼠硕鼠，无食我黍”“硕鼠硕鼠，无食我麦”“硕鼠硕鼠，无食我苗”，这些东西不都是我劳作得来的吗？你都不劳动，这都是我们的所得，现在都被你夺走了。

这种认知其实是非常可贵的，尤其是在“诗经时代”。那个时候，人的高低贵贱其实一出生就决定好了：贵族生下来就高人一等；老百姓生下来就得给贵族缴一辈子的税。所以那些始终被统治、被压迫的老百姓，他们能够迈出一步，把统治者视为“硕鼠”，而把自己劳动所得视为应得之物的，这就已经是很先进的思想了。说明这些劳作者已经意识到：我服侍的这些人，其实也没有那么高贵和优雅。所谓的出身也不是牢不可破的，他们无非就是一群坐享其成、贪得无厌的“硕鼠”罢了。也就是在这种愤懑中，才能够诞生出这样一首诗。

在《毛诗序》中就说道：“诗者，志之所之也。在心为志，发言为诗。”也就是讲，在我们的诗歌文化中，总要心里面先有不平的感受，有话要说，才会形成情感的酝酿，最后激发出至情至性的作品。所以诗是真诚、滚烫的，是心头血，千百年后我们还能够通过《诗经》去了解古人，去看懂几千年前的那个人遭遇了什么。然后发现，原来我也会遭遇跟他一样的事情，我也会跟他有同样的感情和同样的生活际遇。这就是诗歌能够不死的原因。

也正是因为有了诗歌，人们才有表达的机会，才可以让自己的声音传递出去，被更多的人听见，然后引发整个社会的共振，甚至带来改变的机会。这样，那些小人物才不至于被历史的长河淹没，昏昏庸庸地度过一生。这也就是诗歌的魅力。

在觉醒之后，老百姓会做出什么样的选择呢？觉醒势必带来一个后果，就是反抗。

逝将去女，适彼乐土。

乐土乐土，爰得我所。

“逝”是通假字，通“发誓”的“誓”；第二个“适”是往某地去的意思。这句话其实是在说，我发誓要离开这里，我要去往自己理想的乐土，那个美好的乐土才是我安居乐业的好地方。

有的人，遇到了不公平的待遇之后，就会说：“是我的命不好，认了吧，谁让我们投胎投得不好，不是贵族呢？”但《硕鼠》里的老百姓不是这样想的。他觉醒之后意识到：我不是生下来就应该被你剥削的。如果你吃着我们种出来的粮食，还依然对我们如此刻薄，那么，我就走人了，不伺候了——世界那么大，我要去逛逛，去寻找另外一个适合我生存的家园。

我们知道，这份觉醒还是处于萌芽状态，这种反抗还是比较温和的，有点像说气话，到底有没有行动我们不知道。也许它还带着一些逃避的色彩，也没有现实的可行性。但毕竟在当时的社会状态中，到处都有剥削劳动者的贵族，老百姓的反抗能力是非常微弱的，他们依然会困在眼下的生活中，困在眼下打破不了的格局中。但此刻，魏国百姓心中已经有了一个“乐土”，这就是很珍贵的萌芽了。

这个“乐土”究竟是什么样的呢？在《魏风》中还有另外一首诗，叫《十亩之间》，其实就描述出了“乐土”的具体样子：

十亩之间兮，桑者闲闲兮，行与子还兮。

这是一个非常动人的场景：一群年轻的姑娘们在桑园中

采摘，忙完了活就一起说说笑笑，唱着歌走回家去了。它也可以理解为是一对小情侣在桑林中约会，等到太阳落山了，他们就跟着采桑人一起唱着歌往回走。总之，这是一幅非常温暖和快乐的桑园晚归图，它让人发现，劳动很让人心动。这中间没有愤懑、没有压抑，大家是快乐的。

能够看出，人们想要的生活是很简单的，就是“劳动有所得”，能够丰衣足食。但这样简单的愿望在当时的条件下却难以实现，它只能存在于人们美好的想象和期待中。所以，时代的发展就是希望推动人们往前走。

对于“乐土”的想象在后来的文学作品中也不少见，最著名的应该是陶渊明的《桃花源记》。其开篇就提到桃花源非常隐秘，难以进入。一个偶然闯入的渔人在离开桃花源之后，就再也没有办法找到那个世界了。那个世界“落英缤纷”，没有战争和压迫，它“土地平旷，屋舍俨然，芳草鲜美”，男男女女在田间耕作，老人带着孩子坐在屋前。这里的生活看上去平平淡淡，但每个人都尊重自身，怡然自得，人人和睦友爱，安居乐业。

这样的社会一直是我们的理想社会，所以我们才会对一方“乐土”念念不忘。所谓“念念不忘，必有回响”，即便文学是一种虚构，但我们也愿意相信它会在现实的社会中被呼唤出来。

○蒹(jiān)葭(jiā)苍苍 白露为霜 所谓伊人 在水一方 溯(sù)洄从之 道阻且长 溯游从之 宛在水中央

○蒹葭萋萋 白露未晞(xī) 所谓伊人 在水之湄 溯洄从之 道阻且跻(jī) 溯游从之 宛在水中坻(chí)

○蒹葭采采　白露未已　所谓伊人

在水之涘(sì)　溯洄从之　道阻且右

溯游从之　宛在水中沚(zhǐ)

秦风·蒹葭（上）

周胜伟老师曾经说：“《蒹葭》是《诗经》305篇当中，写得最好的一首，首屈一指当之无愧。它在文学和艺术上达到的高度是它身后几百年、上千年的其他诗歌也未必能够达到的。”我们今天就来细细地讲讲《蒹葭》的成就。

蒹葭就是我们今天看到的芦苇。有次我去大理演讲，大家带我在洱海边的一个湿地走了一圈。我看到那芦苇已经白茫茫的了，说道：“这个就是‘蒹葭苍苍’。”他们突然很吃惊，说：“原来文化的美好就是这样的。”这个普普通通的东西就叫作“蒹葭”。好像一说起来，人就到了一个非常古雅的情景中。所以，大家都见过蒹葭，它一般生长在水岸边，高高的。风吹过去有一种苍凉感，带来秋天的感觉，萧瑟又冷冽。

蒹葭苍苍，白露为霜。
所谓伊人，在水一方。

这是我们最熟悉的一句了，还被写成了歌词。“苍苍”是一种颜色，具体指的是老青色，有点像冬青树在天气变凉时的颜色。它并不是绿的，也不是青的，而是灰白的。你可以到家门口仔细地观察一下冬青，到了秋天或者冬天，慢慢转凉的时候，你放低一下视线，就会发现冬青青色的叶子上面像有一层白霜似的，不是太明显，但是细看就会发现，它的颜色已经改变了，这就是老青色。所以“蒹葭苍苍”就是秋天蒹葭衰败以后，在寒意中呈现出的白色。这个词用得多好，它不是简单地描述一种颜色，而是把时间的流逝也写进去了。

河边的芦苇白苍苍一片，上面的露水已经凝结成霜了，这里真正要写的是什么呢？是伊人，我心中期盼的这位伊人，就站在河的另一边。河岸边芦苇苍茫，可能还有一些清晨未散的雾，对面那个伊人的身影，影影绰绰，有一种朦胧又梦幻的美。

读到这里，我们就要问了：“这伊人究竟是谁呢？”有人说：“这应该是一位美人吧？”她是一朵高岭之花，很清冷，很难接近。我们的主人公就站在这样一个冷色调的画面里。芦苇苍茫，秋风萧瑟，在黎明的水边期盼着伊人，追寻着爱情。

怎么追寻呢？

溯洄从之，道阻且长。

溯游从之，宛在水中央。

“溯洄”就是逆流而上，而“溯游”就是顺流而下。这个主人公他要沿着水流，一会向上，一会向下，去追寻那位伊人。不管道路是困难重重，还是无比漫长，都不会改变他的心意。哪怕河水向四面八方流去，他也非常坚定。结果那位伊人似乎还在水的中央，但也不能确定。可见，无论男子怎样徘徊追寻，这位伊人对他来说，依然处于一种可望不可及的状态。

一直追，却一直追不到。

为什么追不到呢？

蒹葭萋萋，白露未晞。

蒹葭采采，白露未已。

“未晞”就是露水还没有干的样子，“未已”是一个时间上的暗示，就是还没有停，还没有到头。白露凝结成霜，是天还没有完全亮的时候，渐渐地透出一些天光，霜慢慢地化了，但还是有一些潮湿，到太阳再升起来一些，露水就快要蒸干了。

我们会觉得这段时间似乎也并不很长，就是日出前后短短的那么一段，但是我们却对这段时间的变化非常敏感，这种时间意识是我们诗歌传统中很重要的部分，几乎是从古人开始一直延续到我们现代人身上的一种感知传统。我们不是很精细地去盯着时钟，才感受到时间过去了一分钟，还是一个小时，而是在某一个清晨，突然发现窗户上面起雾了，或者某一个夜晚，突然闻到桂花香了，才会意识到这已是什么样的时节了。天气是暖和了呢？还是转凉了呢？总之，变化发生了。自古以来，我们都是从外界的变化中发现时间的痕迹，正如我们在蒹葭的露水中，发现了太阳慢慢升起，感受到时间在分分秒秒地流逝。

时间带来了什么呢？诗中的主人公并没有因为时间的流逝而离开。他停留在这个瞬间，不知道今夕是何夕，永远在追寻那位追不到的伊人。从第一段的“水中央”,到后面的“水中坻”，再到“水中沚”，其实都是在讲，这个伊人始终虚无缥缈。她好像在我左边，又好像在我右边。我到了上游，她又在下游。我到了岸边，她就在水中央。这是一个很重要的手法，叫作重章叠句。

《诗经》中大部分的诗歌都采用了这样的描写方法，同样的一个事情反反复复地吟唱。但《蒹葭》的美学在于什么呢？在重章叠句中，我们既能看到时间的流逝，也能看到这位伊人的位置在不断地变化。这就是《蒹葭》比别的诗歌艺术成就高的原因。这样的一种手法看起来很淳朴，实际上很高明。它一点一点向前推进，显示出追求时间的漫长和追求的艰难，它非常有力量感，能够反衬出追求者的坚持不懈。

我们能看到主人公一直在追求，但始终没有得到任何回应，而且前路漫漫、希望渺茫。你会不会说：“这个伊人这么难追？他怎么就不能换个人追呢？”大家可以联想一下我们生活中的经历，比如刚刚来到大学校园，我们可能很期待能够谈一场恋爱，但这个时候，班里有两个男生都在追求女孩子。一个男生只追他喜欢的那个女孩，一直到毕业也没追到。一直追求，一直追不到；一直追不到，却还是一直追求。而另外一个，他追求每个女孩子都只追两个月，追不到了再换。最后班里的女生，都被他追了个遍。可能到了毕业的时候，这两个男孩子都没有女朋友，但是请问亲爱的书友，你会更欣赏哪一个男孩子呢？肯定是那个执着的男孩，对吧？不至于要“我有一人，生死与之”，但能够“我有一人，忠贞不改”，为了心中的目标坚持不懈，总是很令人感动的。另外一个男孩子变来变去，他心中的那个就不叫目标了，那就是投机，是欲望，它永远难以平息。

看到《蒹葭》的主人公不舍昼夜地去追寻伊人，诗里反复地交代“道阻且长”“道阻且跻”“道阻且右”，就是强调非常地艰难，哪条路都走不通，但是他来来回回都没有放弃，我们就会觉得很感动，甚至希望他能够追得到那位伊人。就像我们在看小说的时候，总是很希望我们喜欢的那个人能有一个好结局。这里的结局究竟怎样呢？诗里没说，他写到这里就结束了。

作为读者，我们不仅要能够解读诗里写出来的东西，还要读出诗里没写出来的那一层意思，读出《蒹葭》没有说出来的话。

秦风·蒹葭（下）

《蒹葭》这首诗的结尾并没有交代那个主人公痴心不改、反复追求，最后有没有追寻到伊人，有没有打动他心目中的女神。看起来好像没有结局，但这恰恰是我们每个普通人都会经历的生活。

有没有发现，生活中很多重要的事情都是没有结局的。我们以为一段故事结束了，但可能在某一个时刻，它突然又重新开始了；我们以为会永远继续下去的东西，比如“我永远对你好、我永远不离开你”的誓言，在某一个时刻，就突然发现它消失了，而且消失得无踪无影。这两种状况都存在，但重要的是，在追寻的过程中我们重新认识了自己。不管哪一种状况，都让我们知道并且了解自己是什么样的人，想要什么，不想要什么。其实这就是远方的伊人能够给予我们的。

换句话说，追不追得到那个伊人并不重要，甚至是不是伊人都没那么重要。重要的是“做自己”。漫无目的地去想自己想要什么样的生活，往往就会在得到之后轻易地放弃，随随便便地扔掉，或者得到之后很失望。可是一旦有了具体的追求目标，而且在追寻的过程中反复地遇到困难、克服困难，一次次坚定心意，明晰自己内心的想法，你才能够真正知道自己是一个什么样的人，成就一个了不起的自己。

王国维评点《蒹葭》："这首诗最得风人深致。"同样做到这一点的，还有晏殊的"昨夜西风凋碧树，独上高楼，望尽天涯路"。晏殊这首词我们都很熟悉，表面上看，是写主人公登高望远，莫名地产生了一些哀愁和惆怅，其实越是登高望远，越会发现人是孤独的。人得知道自己想要什么，也应该接受自己想要的那个终点也许永远抵达不了。

那么，抵达不了，难道就放弃了吗？当然不是，但抵达不了，人就会产生一点点落寞的心情。这就和《蒹葭》有了共鸣：即便落寞，即便艰难，可是我并没有放弃。我站在这么高的地方，看见的不是结果，而是我的心意。

什么叫作"风人深致"呢？这里的"风"就是《国风》中的"风"，也就是民俗、歌谣的意思，就是民间的这些歌谣逐渐形成和发展起来的固定形式，被我们喜闻乐见，传唱开来。但我们也可以这样理解，"风"指的就是一首诗的感染力。诗不会说教，它不跟你讲道理，它就像一阵风一样轻轻地吹过你的耳边，但你却立即感受到了它的气息。你不会不知道什么叫作"风"，你也不会无动于衷。它来的时候，有时候带来春天的温暖，有时候带来秋天的凉意，但你不会对它没感觉。风不是道理，而是感受。

"风人深致"就是在说，《蒹葭》非常具有民间歌谣的感染力，在字面的意思之外，它能够解读出很多丰富的含义：

有的人读到坚定，有的人读到勇气，还有的人读到美。这就是《诗经》的另外一大特点，叫作“言简义丰”，就是话很少，但是意思很丰富。

在这首诗里，有三个很关键的地方：主人公，这条河水，还有伊人。这三者之间形成了很微妙的关系。看起来只是一个求而不得的故事，但伊人不仅仅是在说那位可望不可及的女神，它可能是你努力了很久但依然没有得到的工作机会，也可能是复习了很久但是结果依然不太理想的一次考试，还有可能是你一直以来正在追寻的梦想。但是它并不能够保证你的温饱，所有的“溯洄从之”“溯游从之”都是深夜中的徘徊、犹豫、纠结。这就是人生的河流，我们都在这条河里努力跋涉，期待着自己有朝一日能够得着心目中的伊人。

当我们这样想的时候，其实没有把伊人当成唯一的追求对象或一个具体的意中人来看待，它已经变成一种抽象的信念。看起来，主人公追求的是水中的伊人，但细细地读、细细地想，我们就理解了：他同样是在说心中所追寻的、认同的、向往的生活。

在今天的社会，我们比起古人，生存压力大了很多，节奏也快了很多，每个人都会有自己的苦恼。所以有一些事一旦不能确定，我们就会担心，就会焦虑，就会觉得不快乐。我们一直想要一个确定的结果，能够得到、能够靠岸、能够暴富，好像这样的人生才是好的。但换一个角度想想，《蒹葭》的主人公在追求的时候，他心里怀着期待、怀着向往，那是一团小小的火苗，是始终不会熄灭的。他知道自己在朝着喜欢的事情一步一步靠近，也许永远不能抵达，但这个过程本身就能给他勇气，让他坚持下去，所以他才能够自强不息。

《蒹葭》最耐人寻味的地方就在于此：它把那种渴望的心情和求而不得的惆怅交织在了一起。它让我们看到那个心里有火苗的人是具有审美意义的，它让我们觉得感伤，但又不至于绝望。

本质上是因为伊人的美好才让其难以追寻，就像如果我们追求的是不好的东西，也许容易得到，但我们为什么偏要它呢？一个人向下滑的时候是容易的，因为阻力很小；可是向上攀登、追求美好的东西，我们就会觉得“道阻且长”。

那些困难的出现是为了什么呢？它就是为了让我们确定自己是一个什么样的人，去克服困难，成为自己想要的样子。所以诗中的主人公就是这样一种人：怀着一种隐约的希望，他没有放弃，也没有走出那个追寻的瞬间。他一刻不停地努力着，想要去抵达自己的方向。

在我们的传统中，对这种精神是非常赞同的。《周易》中讲，“天行健，君子以自强不息”。这种自强不息，就是在鼓励大家不要轻易地放弃。如果你心里面很确定这就是你的伊人，那么你就为她努力地去追寻吧！保持自己心中的小火苗，不要熄灭！

这首诗没有告诉我们怎么做一个君子，但它很明白地讲出来：一个君子在得不到的时候，在求不得的时候，在被困难阻挠的时候会怎么做。我们看到了君子的行动：树立目标，在漫长又艰难的追求过程中调整心态，坚持下去。放在今天，这也是我们真实的写照。立下一个志向并不难，难的是怎么样把这个志向坚持下去，把它变成一团不会熄灭的小火苗。所以古人才说："要立长志，不要常立志。"天天立志，谁都可以做到；可是持之以恒，才能让梦想变成现实。

黄鸟

○交交黄鸟　止于棘　谁从穆公　子车(jū)奄息　维此奄息　百夫之特　临其穴　惴(zhuì)惴其慄(lì)　彼苍者天　歼我良人　如可赎兮　人百其身

○交交黄鸟　止于桑　谁从穆公　子车仲行(háng)　维此仲行　百夫之防　临其

穴　惴惴其慄　彼苍者天　歼我良人
如可赎兮　人百其身
○交交黄鸟　止于楚　谁从穆公　子
车鍼（qián）虎　维此鍼虎　百夫之御　临其
穴　惴惴其慄　彼苍者天　歼我良人
如可赎兮　人百其身

秦风·黄鸟

黄鸟是什么样的一种鸟呢？学者有很多说法，有的说是黄鹂鸟，有的说是黄雀。总之就是一种小小的鸟，叫声应该比较好听。

《黄鸟》这首诗出自《秦风》，要想读懂它，先要大致了解秦国早期的历史和秦穆公这个人。我想大家对历史感兴趣的，一定很爱听这个知识点。

秦国在我国的西北地区，建国于西周中期。在百余年的时间里，秦国其实一点都不强大。它的地盘小、实力弱，是个小国，所以长期受到西北蛮族的欺凌。在春秋前后，秦国才扩大了疆土和势力，慢慢地变强盛了，但是跟中原列国相比，它依然是比较落后的。

落后就要挨打，直到有一位霸主——秦穆公的出现。秦穆公继位后，秦国的国力才有了明显的提高。他审时度势、锐意进取，采取了一系列富国强兵的政策。第一就是任用能臣良将，整顿政治、发展军事；第二就是减轻赋税、奖励生产，夯实了国家的经济基础；第三就是采取灵活的外交政策，谋求霸权和大国抗衡。

经过他几十年的经营，秦国的疆土扩大了，实力也大为增强。而秦穆公本人，也就成了一位春秋的霸主，可以说是功成名就。但是秦穆公在去世前的一个决定，让他的名声一落千丈。因为他在死前下令一百七十七名臣子为他殉葬，这真是非常残忍，而且其中包括了子车氏的三个儿子，他们是奄息、仲行和鍼虎。这三个人都是秦军中能征善战、以一当百的良将。秦穆公让这些人殉葬，秦国的人民感到十分悲痛、愤怒和不理解，所以就有了《黄鸟》这篇诗歌。

第一段：

交交黄鸟，止于棘。

谁从穆公，子车奄息。

黄鸟停在那个荆棘丛上，发出“交交交”的鸣声。黄鸟其实不会在荆棘上栖息，荆棘是带刺的植物，怎么会有小鸟愿意停在那里呢？这就是在讲，殉葬的人就像是落在荆棘上的黄鸟一样，他不得其所。而黄鸟急促的叫声，就像是为子车奄息发出的哀鸣。他们如此英勇，却要为秦穆公殉葬。

“谁从穆公”背后隐藏的信息就是人不被视为人，而是被挑选的物件。在穆公之下的所有人，不都是为了殉葬要随时献出自己生命的陪葬品吗？当官员一笔一笔写下那个殉葬者名字的时候，就像是写了一份生死簿。那个执笔者就是判官，是谁赋予他们这样的权力呢？就是当时的制度。我国的殉葬制度始于殷商时期，到了春秋战国还延续不止。秦穆公以活人殉葬的行为，虽然受到时代的影响，但是他殉葬的人数在当时是登峰造极的。而且其中还有深受秦国人民爱戴的三位勇士，这就引起了人们极大的不平。

在这首诗中，我们很清楚地感受到了作者的愤怒，因为子车奄息是极为善战的将领。

维此奄息，百夫之特。

他明明是个百里挑一的人才。后面两段中的子车仲行、子车鍼虎，也都是不可多得的良才和将领，所以诗中接着说：

“临其穴，惴惴其慄。

彼苍者天，歼我良人。

如可赎兮，人百其身。”

“惴惴其慄”就是在说，旁观者看到活人殉葬这么残忍的场景，觉得心里很恐惧，不自觉地浑身颤抖。他们虽然恐惧，虽然愤怒，但是无能为力，只能眼睁睁地看着这些人被活埋。最后两句是说如果可以赎回这三位良将，代其殉葬，那他们宁愿死一百次，也不愿意这样的三个人白白地牺牲。

这是一种非常激烈的情绪的表达，就是不舍得，说明这三个人品行非常好，受到大家的爱戴。殉葬的人在生前都是被重用、被提拔的忠臣，为国家、为君主甚至为臣民做出了这么多的贡献，最后怎么落得了这样的下场呢？

在接下来的第二段和第三段可以看到，开头依然是在说黄鸟：

“交交黄鸟，止于桑。”

“交交黄鸟，止于楚。”

小鸟们飞来飞去，仓皇不知所措。黄鸟的飞翔和鸣叫，其实是在写人们的哀鸣，在表达心中的哀伤。

在文化传统中，我们相信人的精魂会幻化为花鸟鱼虫，比如上古的时候，炎帝的小女儿在大海中淹死了，然后她就化成一只精卫鸟，昼夜不停衔着树枝、石头，想要去填平大海，这就是“精卫填海”。

还有蜀国的望帝，他为了人民的安定和国家的和平，祈祷自己能够变成一只飞鸟，飞到当时的帝王身边，提醒他要爱民，最后他真的牺牲了自己变成了杜鹃鸟。这个杜鹃鸟千百年来对着帝王们不停地啼叫，说：“民贵，民贵。”直到鲜血从嘴里喷出来也不停歇。这就是杜鹃啼血的故事。李商隐有一句诗“望帝春心托杜鹃”，就是化用了这个典故。

我们愿意相信这些传说，是因为先民们认为万物有灵，花鸟鱼虫都是有灵性的，它们可以和人心意相通，也可以表达人的喜怒哀乐，所以花鸟鱼虫也都不能轻易地去伤害他们。这也是我们传统文化中一个很重要的特点。在安史之乱中，杜甫看到国家破碎、战火弥漫。他会说：“感时花溅泪，恨别鸟惊心。”就是看到这种情景，连花朵和小鸟都和我一样悲痛。我们也能够更深刻地体会到那种感情的沉重。

或许是因为秦穆公死了，秦国一度衰弱了；也或许是因为对外武力的扩张，需要大量的人力，秦国废除了活人殉葬的制度，改用陶俑。这当然是一个进步，所以给我们留下了一个景点，就是西安的兵马俑。我是西安人，小的时候春游常常被带去看那些泥娃娃。制作陶俑在当时要消耗大量的人力、物力、土地资源和社会财富，所以统治者对人民的奴役并没有结束，去过兵马俑的朋友可能都能感受那里排场非常浩大、人俑制作很精良，千人千面。当时百姓要付出很大的劳动力来做这些事情。在那个年代，百姓真的是贱如蝼蚁，这些陪葬品不知道消耗了多少民工的血汗、青春乃至生命。

回到《黄鸟》这首诗，为什么过去了几千年，我们还能够感受到诗中的那种愤怒呢？因为我们对生命的珍视从未改变，对人才的惋惜、对罪恶行径的愤怒也没有改变。因此，尽管殉葬这个古老制度已经不存在了，但诗中的感情我们却依然能够体会得到。

○岂曰无衣　与子同袍　王于兴师

修我戈矛　与子同仇

○岂曰无衣　与子同泽　王于兴师

修我矛戟（jǐ）　与子偕作

○岂曰无衣　与子同裳（cháng）　王于兴师

修我甲兵　与子偕行

秦风·无衣

《无衣》是秦国军队中的战歌。

《孙子兵法》中有《谋攻篇》，里面有一句话，说："百战百胜，非善之善者也。不战而屈人之兵，善之善者也。"你每次打仗都能打赢，百战百胜，这并不是最好的，最好的是不用打就能让对方屈服，不战而胜，这个才高级。从这句话中我们就能够看出，孙子不仅仅是一位军事家、谋略家，还是一位思想家。到今天，我们都依然把他当作一位思想家来对待。

热播电视剧《狂飙》一下子就让孙子又火起来了。读者会发现，他有很多想法其实符合现代人的观点。孙子知道战争的本质是为了获取和平、安定的生活，所以如果不用战斗，不用流血和牺牲就能够和平安定，就是终极的善。怎么样才能不战而胜呢？当然国家要有足够强大的实力，让别人在打你的主意之前，先掂量掂量自己，如果觉得够不着或者损失太大，就不会轻举妄动。当外敌来攻打的时候，全国上下要同心协力，坚决地反击，把敌人打得服帖，让他们再也不敢来招惹。这首《无衣》讲的就是军中将士齐心抗敌的决心。

有人考证说，《无衣》的创作背景是周幽王时期，这个周幽王大家应该很熟悉吧，他为了博美人褒姒一笑，竟然能够玩“狼来了”的伎俩，导致最后自己没有了信用，也丧失了国家。周幽王为了取悦褒姒，还废掉了自己的王后和太子，导致王后的父亲申侯要为女儿报仇，就勾结西方的夷狄犬戎攻入了国都镐京。周幽王被杀，他的儿子平王举国东迁，发出号令，让天下有识之士都来反抗外敌，这就是整首《无衣》所述故事的背景。在这种大背景下，秦人纷纷地响应王室的号召来保家卫国，最终成功地击退了入侵的犬戎。

第一句：

岂曰无衣，与子同袍。

我们会发现，这不是一群装备精良的战士，他们甚至连作战的衣服都没有,那怎么办呢？难道就不上战场了吗？“与子同袍”的“袍”是士兵用来御寒的大衣，白天穿在身上，晚上是可以当成被子盖的，有点像我们今天的军大衣，特别厚实，裹在身上很有安全感。没有衣服，没有装备，怎么办呢？我就跟你同穿一件。条件再艰难，我们也要穿着同一件衣服，齐心协力把敌人赶走。

后面两段的第一句也是一样的,只有衣服的种类变了。“与子同泽”中的“泽”就是贴身的汗衣、内衣，能把胸背都裹起来，有点像我们今天运动的时候穿在最里面的速干衣，可以吸收汗液，让身体干爽一点。“与子同裳”的“裳”就是下装，古代男女的下装，都是像裙子一样的“裳”。但是将士的“裳”又略有不同，它是用皮革做的，也就是所谓的甲裳。它有点像孙悟空的虎皮裙，既能御寒，又很耐穿，也不容易脏。

这三句“同袍、同泽、同裳”，相当于我掰着手指头，把一个战士要上战场的衣服从里到外、从上到下都数了一下，也就是说，作为战友，我们的情谊非常深厚。所有的装备我都能跟你共享。因为物资短缺，我们可以同穿一件御寒的长袍，白天挡风，晚上一起盖在身上取暖。我们同穿一件贴身的汗衣，这样就不分你我；我们同穿一件甲裳来对抗战争的恐惧，这个时候你就不再是一个人，而是一群人中的一个。

这就是伙伴带给人的归属感，即集体荣誉感。在战场上，战士们每天都要面对生死，可能这个人上一刻还在对你笑，下一刻就在你身边中箭身亡了。那种生死无常带给人的心理冲击是非常大的。在被死亡阴影笼罩的战争中，人们抵御恐惧的方式就是要团结在一起，就是要尽可能地用每一分每一秒去珍惜对方，保护对方，这样我们才能够共同地承担更多，勇气也会叠加，形成一股巨大的力量。所以战友的感觉是完全不同的，他们的情谊叫作同生共死，它能让人与人之间建立起最深刻、最紧密的联系。

我们再来看诗的第二句：

王于兴师，修我戈矛。

敌人来了，我们就去修理兵器，把戈和矛都磨得非常锋利。这是不是很有画面感？将士们磨刀擦枪，一起训练，挥动手中的兵器，准备战斗。这个场面是非常激昂、非常燃的，但是又有一种悲壮感。这些装备、兵器准备好了，作战的场面是什么样呢？是“与子同仇、与子偕作、与子偕行”。我们面对同样的敌人要并肩作战、同仇敌忾，共同去对抗那些要侵害我们家园的人。

古时候的诗句是可以歌，可以舞，把这首《无衣》的词排列出来以后，你就会感受到那种情景。它不是一个人在悄悄地说，不是一个人说给自己听，也不是一个人唱的。它是一群人齐声地吼出来，是战歌、军歌，体现的是一种磅礴的气势。这首诗前半段写的是条件艰苦，后半段写的是条件越艰苦，军情越紧急，将士们的士气就越高涨，因为这是一场正义的、反侵略的战争，他们保卫的是自己的家园，是自己的亲人和儿女，就像《志愿军战歌》里唱的那样，“保和平、卫祖国，就是保家乡”。我们不是一个崇尚武力的民族，但是在抵抗侵略的时候，大家都会非常坚决。

《无衣》中的这种精神被后世的诗人一遍一遍地书写，比如曹植的“捐躯赴国难，视死忽如归”，戴叔伦的“愿得此身长报国，何须生入玉门关”，秋瑾的“金瓯已缺总须补，为国牺牲敢惜身”。此般热血的人，从古至今从来没有缺位。

《无衣》之所以能有这么大的能量，是因为它唤起了人们心中的家国大义。这种大义不是那种小情小调，也不是个人主义的英雄情结，更不是逞凶斗狠的尚武精神，它是一种敢于反抗，要团结一致保卫自己最亲爱的故土、最亲爱的家人的力量感。我不服输、不认输，而且像我这样的人不止一个，我的身边都是和我血脉相连、同气连枝的战友，我们的生命连接在一起，心更是连接在一起。我们在《无衣》中，能够感受到那种昂扬奋进的爱国精神，这也是中华民族传承至今的精神。

○月出皎(jiǎo)兮　佼(jiǎo)人僚(liǎo)兮　舒窈(yǎo)纠(jiǎo)兮

劳心悄(qiǎo)兮

○月出皓兮　佼人懰(liǔ)兮　舒懮(yǒu)受兮

劳心慅(cǎo)兮

○月出照兮　佼人燎(liáo)兮　舒夭绍兮

劳心惨(cǎo)兮

陈风·月出

《月出》是《诗经·陈风》里的一首，陈国大致就是今天的河南周口、商丘和安徽的亳州一带。有人说《月出》是《诗经》里最美的一篇，也有人更喜欢“蒹葭苍苍，白露为霜”。总之，这两首诗描绘得都非常漂亮，难分伯仲。

《月出》刻画了一位美人在皎洁的月光下缓缓走动的身影，呈现出一个美轮美奂的情景。但更重要的是，这首诗能够引发一种情绪，所以才会让人难以忘怀，这种情绪就是忧伤。你有没有觉得很奇怪，美人、月光、婀娜多姿的样子，这多诗意，怎么反而会让人感到忧伤呢?

月出皎兮，佼人僚兮。

舒窈纠兮，劳心悄兮。

皎洁的月光照着一个美丽的女孩子，她体态优雅，缓缓地在流动的月光下走来走去。我们闭上眼睛想象一下，就能够看见诗中描绘的那个画面——月光下的女孩，美得像一幅世界名画。

可以说，《月出》开启了中华文化中望月怀人的传统。

杜牧的“二十四桥明月夜，玉人何处教吹箫”，晏几道的“琵琶弦上说相思”“当时明月在，曾照彩云归”，李白的“举杯邀明月，对影成三人”等等，这些诗句，你都会觉得它漂亮、干净，充满诗意。

月光和别的光芒是不一样的，不同于阳光，也不同于钻石的光芒，它有一种凄美感，容易让人心碎。月光下的感情是一种世界语言，人类都能够感受得到。无论是后来“孤篇压全唐”的《春江花月夜》，还是张爱玲小说里的月亮，都承载了非常多的情感。最经典的还是莎士比亚的《罗密欧与朱丽叶》。月光下的大阳台，罗密欧就趴在藤蔓里面，隐藏在暗夜中，听朱丽叶对着天上的月亮念出他的名字，“罗密欧啊罗密欧”。两个有情人在洒满月光的露台上互诉衷肠，指着月亮发誓。在《战争与和平》里面，安德烈听到娜塔莎在月光下的阳台上自言自语，表达内心的感情，电影这一段拍得非常好。所以，月光下的女孩，以及她所引发出的感情，在全人类的生活中都是非常具有诗意的。

《月出》接下来写了一句“劳心悄兮”。“劳心”就是心里面很苦，“悄”是悄悄的意思，指的是忧伤的样子。郭沫若先生对这一句有一评价，那个女孩子，她简直像西施一样，西子捧心，皱着眉毛，看上去很忧伤。还有一种说法，是说“劳心悄兮”的不是那个女孩子，而是那个望着女孩子的人。他看着女孩在月光下走来走去，可是却不能接近她，不能去跟她搭话，只能在月光下悄悄地伤心。在月光下，这种忧伤更加显得优美而沉静。月光的皎洁和美丽衬托着相思和凄迷的感情，它饱含着复杂的心绪，不是那种干干脆脆的、当断即断的利落，它难以言说，非常幽微。

后面两章的意思差不多，就是描写在美丽的月光下女孩子曼妙的身姿，让看着她的人感到忧伤。这种迷离而梦幻的场景和《蒹葭》非常像，给人一种“美人如花隔云端”的感觉。月光模糊了这个女孩子和观看者之间的距离，她好像近在咫尺，又好像远隔天涯。这种忧伤，就是因为可望而不可及：我感受到你，可是我却无法亲近你。这种美好的事物带给我们的情感，其实是非常细腻的。美好事物的出现，并不一定会让你感到快乐，但它会把你的心填满。

从前我们一提到美好的事物、美好的生活，好像就有一种惯性的反应，觉得这些东西出现，一定会让人感到快乐、愉悦。但是这里面也暗含了一种评价态度——只有快乐才是好的，忧伤就是不好的，所以我们才会觉得，明明是那么美好的东西，怎么会让人觉得忧伤呢？当你忧伤的时候就会觉得不安：我这样是不是对的呢？其实，忧伤不是悲凉，也不是胆怯或痛苦，如果以《诗经》为起点，再读唐诗宋词，读到纳兰容若，我们就能够品味到，那种忧伤的调子贯穿始终。

它其实跟情绪的克制有关，这也是中华文化中很典型的一种状态。当我们处于克制的状态中，就不会有极致的表达。痛苦不是那么剧烈的痛苦，而欢乐也不是极致的快乐。这个时候的感情显得委婉、细腻。一旦人变得沉静、克制，就容易感受到忧伤，比如林黛玉葬花。春天万物生长，繁花似锦，但是林妹妹就把那些跌落的花瓣当成一个生命去对待、去尊重。所以在大好的春光里，她的感受不是明媚，而是忧伤。她去葬花，这是一种温柔，也是一种情绪的表达。看在别人眼里，这种忧伤就是诗意。这一点在中国传统的诗歌中会表现得非常明显。

男子看到月光下美丽的女孩子，感受到了忧伤，那女孩子走来走去，这时候，你如果身临其境，可以做两件事，第一件，走上去跟她说："我喜欢你。"这是表白。还有一件，虽然女孩子很美，可是她跟你没关系，你只好回家去睡你的觉，即使你心里惦记着她。在这首诗里，这个男子既没有上去表白，也没有回家睡觉。他就只是看着她：

月出皎兮，佼人僚兮。

舒窈纠兮，劳心悄兮。

我就这么一直看着你，看到天荒地老，你真美，可你这么美，我却这么忧伤，我心里的感情像小鸟一样，飞出去就不再回来。

男子的感情是克制的，这就是中国人所说的"中庸"。也就是你要用理性来约束那种自然、野性的感情，你要让这种感情的流动、爆发和冲突都处于一种有节制的状态。所以，尽管忧伤，但它依然美好，这就是哀愁之美。这种感情其实在很多通俗歌曲里面迄今还在传唱。美丽又哀愁，这就是中国的诗意，也是月光的诗意。

○常棣(dì)之华(huā)　鄂(è)不韡(wěi)韡　凡今之人　莫如兄弟

○死丧之威(wèi)　兄弟孔怀　原隰(xí)裒(póu)矣　兄弟求矣

○脊令在原　兄弟急难　每有良朋　况也永叹

○妻子好合　如鼓瑟琴　兄弟既
翕（xī）　和乐且湛（dān）
○宜尔室家　乐尔妻帑（nú）　是究是
图　亶（dǎn）其然乎

○兄弟阋(xì)于墙　外御其务(wǔ)　每有良朋　烝也无戎

○丧乱既平　既安且宁　虽有兄弟　不如友生

○傧尔笾(biān)豆　饮酒之饫(yù)　兄弟既具　和乐且孺

小雅·常棣

《诗经》中有“风、雅、颂”三个部分，这篇《常棣》就属于“雅”的部分。“雅”指的是王畿地区的乐歌，也就是周朝首都的音乐。“风”是各个地方的民歌民调，与之对应，“雅”就是正统的音乐，分为《大雅》和《小雅》。

《大雅》中既有宗庙祭祀的乐歌，也有在政治场合，比如君主会见群臣的时候，使用的一些具有礼仪性质的诗歌。它的主题大多与周王室的历史、政治、军事、祭祀等重大的活动有关，所以“雅”的风格也更加地雍容典雅。

小雅的内容除了反映国事和贵族生活之外，也包含了一些民歌。《小雅·常棣》是反映贵族家庭生活，讲兄弟之间情谊的一首诗歌，非常雅正。

棣花是一种很漂亮的花，一般是粉红色或者白色。它开起来是一簇一簇的，两三朵、两三朵地一起开放。

提到莲花，我们会想到“出淤泥而不染”，这是一种高洁的品质；提到菊花，我们会想到“采菊东篱下，悠然见南山”，那是一种隐士的精神。棣花也有自己的花语，它常常被用来比喻兄弟情深。

第一段：

常棣之华，鄂不韡韡。

凡今之人，莫如兄弟。

“韡韡”就是鲜艳茂盛的样子，它很明亮、盛大，所以前半句就是在说常棣花团锦簇。这么多的花抱在一起开放，就像家中和睦友爱的兄弟手足，这才是这首诗真正的含义。

《颜氏家训》中说：“兄弟者，分形连气之人也。”兄弟形体是各有不同的，但是气脉相通，就像一棵树上分出的几根枝条，虽然向着不同的方向生长，但是拥有同一个哺育它们的树根。所以我们老话里会说“打断骨头连着筋”“兄弟没有隔夜仇”。兄弟为什么这么重要？传统文化给我们规定了这是一种什么样的联系？以及怎样建立深刻的关系？

第二段：

死丧之威，兄弟孔怀。

如果你遇到让你恐惧的事，一定是兄弟来关心你。

原隰裒矣，兄弟求矣。

“原”就是平原，“隰”就是洼地。如果你因为动乱流离失所，不管相隔多远，是身处平原还是湿地，兄弟也一定会把你找回来。

第三段：

脊令在原，兄弟急难。

脊令是一种鸟，这种小鸟只要落单了，就会在空中飞翔、鸣叫，寻找同类。也就是说，当你遇到了险境，被困在某个地方，只要你呼救，不管千难万险，兄弟会一定奔赴你的身边，救你于危难当中。

而那些普通的朋友呢？

每有良朋，况也永叹。

他们只会为你叹息几声，但不会不顾危难地去救你。

所以作者在第四段就感慨说：

兄弟阋于墙，外御其务。

“阋”就是争吵。在古代，一般都是一大家人居住在一起，所以人很多。这句话其实是在说：即便兄弟在家里头吵得再凶，但关起门来，我们对外就是一家人。一旦有外面的人要来对付我们，我们立即一致对外，非常团结，这就叫作兄弟。

每有良朋，烝也无戎。

而那些普通的朋友们，人再多也没有办法在关键的时刻跟你站在一起对抗敌人。大家可能因为心思各异就四分五裂了，叫“大难临头各自飞”。

既救你于危难之中，又保护你的生命安全，即便是争吵了，一旦有人欺负你，他一定会站在你的身边替你出头，这是不是很温暖呢？这就符合古人对于兄弟情的定义。

但接着再往下看，作者话锋一转：

丧乱既平，既安且宁。

虽有兄弟，不如友生。

当危险结束了，已经过上了稳定的好日子，为什么同胞兄弟反而不如朋友那么相亲相爱呢？

这和前面说的其实不矛盾。我们说“打仗亲兄弟，上阵父子兵”，就是指在危难时刻，亲人一定不会背叛你。兄弟在你有难的时候，一定会出现，站在你的身边。但是当这个难关渡过，兄弟看到你快乐了，反而觉得放心了。亲人就是这样，他们不期待从你这里得到些什么，只希望你能过得好。所以在安宁的日子里，你可能更愿意和那些兴趣爱好相同的朋友们一起玩，吃吃喝喝，反而显得更亲密。跟自己的亲兄弟和家人，见得反而少了。这就有点像我们现在说的找搭子，但搭子毕竟不是深刻的关系，你只能和搭子有福同享，但是兄弟能跟你有难同当。

接着两段，讲的是在安宁的日子里，兄弟之间应该怎么相处。

傧尔笾豆，饮酒之饫。

兄弟既具，和乐且孺。

妻子好合，如鼓瑟琴。

兄弟既翕，和乐且湛。

“笾”和“豆”都是宴会上用来盛放食物的器皿，这里讲的就是一个其乐融融的场景：平常的时候，你愿意跟谁玩就跟谁玩，但如果兄弟们聚在一起，那就应该在一起吃饭、畅饮，妻子和儿女也在一旁开心地笑着。大家吃着东西，弹琴来助兴，气氛又热烈、又温馨。这就是天伦之乐。

家族里面相聚的那种温暖，和你在外面朋友场上的欢聚是不一样的，这就又回到了正面来讲兄弟情谊的深重。从这两段中，我们能感受到古人追求的理想生活是非常看重家庭的，而且家庭活动很讲究仪式感，这样才能够让大家都舒舒服服地相处。

所以作者最后说：

宜尔室家，乐尔妻帑。

是究是图，亶其然乎。

几家人之间和睦友爱、互相照应，这样温馨美好的氛围才是我们的追求。虽然我们现在家里孩子少了，大部分人都没有亲生的兄弟。可是细细地想一下，这种感情我们其实也能够体会得到，是能够理解的。

这种兄弟之情在现代社会并不局限在有血缘关系的人之间，我们曾经讲过关汉卿的《赵盼儿风月救风尘》。汴梁的歌妓宋引章要跟着一个男人远嫁郑州，可是没想到这个男的表里特别不一致，刚开始对她很好，欺骗她，对她说甜言蜜语，后来却家暴她、虐待她。宋引章生不如死，就写了一封求救信，给自己在汴梁的好闺蜜赵盼儿。赵盼儿收到信，就带着自己压箱底的钱赶到郑州，然后施了一个美人计，引那个家暴男给宋引章写下一封休书，把宋引章救了出来。这就是《赵盼儿风月救风尘》的故事，风尘中的女子们依然有情有义。

用《诗经》里面的话来形容，这不就是“脊令在原，兄弟急难。原隰裒矣，兄弟求矣”吗？你有了危难，只要你向我求救，不管你流落到哪里，我都要把你救回来。我的养老钱可以不要，我自己的安全也可以不顾，但我知道我一定要日夜兼程赶来你的身边。这个故事很动人，虽然赵盼儿和宋引章都是底层的女性，而且没有血缘关系，但她们之间的这种情谊，一点都不亚于血脉相连的手足之情。也许你的生命中，没有同胞的兄弟姐妹，但如果你有这样的朋友，一定要珍惜。

《诗经》中描绘的情谊，它并不受时代的局限，也不会消失不见。我们现代人依然会对人和人之间的这种深情厚谊心向往之，这也就是为什么《诗经》能够在历经千百年的淘洗之后，依然作为文学的经典和做人的典范而存在。

○采薇采薇　薇亦刚止　曰归曰归　岁亦阳止　王事靡盬(gǔ)　不遑启处　忧心孔疚　我行不来

○彼尔维何　维常之华(huā)　彼路斯何　君子之车　戎车既驾　四牡业业　岂敢定居　一月三捷

○采薇采薇　薇亦作止　曰归曰归　岁亦莫(mù)止　靡室靡家　猃(xiǎn)狁(yǔn)之故　不遑启居　猃狁之故

○采薇采薇　薇亦柔止　曰归曰归　心亦忧止　忧心烈烈　载饥载渴　我戍(shù)未定　靡使归聘

○驾彼四牡　四牡骙骙（kuí）　君子所依　小人所腓　四牡翼翼　象弭（mǐ）鱼服　岂不日戒　猃狁孔棘

○昔我往矣　杨柳依依　今我来思　雨（yù）雪霏霏　行道迟迟　载渴载饥　我心伤悲　莫知我哀

小雅·采薇

“薇”就是“野豌豆”，开紫红色的花，果实像豆荚一样，里面有五六粒种子。古代生产力有限，古人就会把野菜当成日常食物的补充。“薇”也就是作为补充的一种野菜。在青黄不接的时候，人们就会采“薇”来充饥。

这首《采薇》写的是一个出去打仗、流离了很久的士兵历经千辛万苦终于回到了故乡的故事。整首诗就是沿着时间顺序来写的。

第一段：

采薇采薇，薇亦作止。

曰归曰归，岁亦莫止。

冬天的时候，野豌豆刚刚从土里冒出来。眼看着一年又一年，每年我都说要回家，可是说着说着就到了年尾了。为什么这个心愿总是实现不了呢？

靡室靡家，猃狁之故。

不遑启居，猃狁之故。

我们这样居无定所，无法停留，都是因为要和猃狁厮杀。

猃狁就是活跃在今陕甘一带的游牧民族。西周从建立到灭亡，总是时不时地会有一些战争爆发，就是受到这些游牧民族的骚扰。东有淮夷，南有蛮荆，西有徐戎，北有猃狁。很多青壮男子在当时不得不背井离乡，跋涉万里去驻守边关、服兵役，因此也就诞生了很多跟战争有关的作品。这首《采薇》，就是其中的一首。

我们会在这些诗中读到强烈的哀伤，因为这些青壮年都是被迫和亲人分开。这一去，就不知道什么时候才回来。有时，战争会经历一个很长的阶段。他们甚至有可能“十五从军征，八十始得归”。这一生就这么被辜负掉了。

第二段：

采薇采薇，薇亦柔止。

曰归曰归，心亦忧止。

忧心烈烈，载饥载渴。

我戍未定，靡使归聘。

野豌豆冬天发芽，春天生长，夏天长成。看到这个“薇”又长高了一些，就说明时间又过去了一些，冬天过去了，春天来了，我嘴上说着回家吧回家吧，但心里的忧愁却无法停止。因为眼看着又回不去了，这个愿望还是没有实现。那我就满怀着愁绪，忍受一路上又饥又渴的生活，心里的愁绪无法排遣，说：“既然回不去了，总要给家里寄封信报个平安吧。”可是竟然连这个小小的心愿也做不到，因为我守卫的地点是辗转不定的，没有办法给家里捎去书信。

到了第三段我们看到野豌豆还在继续生长：

薇亦刚止。

豌豆已经都长成了。那就说明夏天到来了，果实都成熟了，但是战事还没有结束。这位士兵就说：

“忧心孔疚，我行不来。”

一说到回家，我的内心就非常痛苦。因为每天都要面对生死，可是我始终回不去，我怕真的永远也回不了家了。

接下来这位士兵忧愁的情绪，好像又有了一点缓解。这里转折了一下，他想起了身为军人的自豪，说：

“戎车既驾，四牡业业。

岂敢定居，一月三捷。”

它是在描述一个情景：我们驾上兵车，马跑得飞快，我们哪里敢安歇呢？恨不得一个月就送出三份捷报。

驾彼四牡，四牡骙骙。

君子所依，小人所腓。

四牡翼翼，象弭鱼服。

岂不日戒，猃狁孔棘。

这一段里面有很多生僻字，它的意思是说君子在当时是有身份有地位的人，是将领。紧跟着将领，围绕着这些强大将领且与之对应的一个词，叫小人。

这个小人和我们今天说的品德不好的小人，不是一个意思，它指的就是普通的士兵。这就是在说，将领的战车威风凛凛，它要庇护一群士兵，他们的装备也是非常精良的，而我们这些士兵要听从将领的指挥，紧随着这个战车去冲锋陷阵。我们日日夜夜都在打仗，因为这叫作猃狁的敌人非常危险。虽然心中非常非常想家，很忧虑，但面对敌人，我们还是要拿出勇气去对抗他，因为我们身后还有自己的家园，我们心中还有责任。

这简直就是一场大型战事的近景和远景，那种豪迈的、英勇的、乐观的情绪也清晰地传达出来了。这时候我们就要问了："这种自豪和忧虑到底冲不冲突呢？"其实非常自然。自豪是因为他的身份，他是一个士兵，所以他有责任保家卫国，而且他对国家和将领的实力是有信心的。但士兵也是一个普通人，他有七情六欲，他有自己想念的亲人。他就是因为想要回到家乡，回到亲人身边去，所以难免会多愁善感。在这个时候，两种情绪交替出现，自豪是给自己加油打气：一定要赢，要快点赢。只有这样，战争才能够早一点结束，我才可以去跟亲人团聚。那种忧虑也会成为他的一个动力。

在最后一段，这位士兵的心愿终于实现了。我们读者也非常高兴，替他长舒了一口气，他终于踏上了回家的路。在路上，他看到了什么样的风景呢？

昔我往矣，杨柳依依。

今我来思，雨雪霏霏。

这句是不是特别出名？好多人恍然大悟，原来这是《采薇》里面的一句！

这是千古传诵的名句，士兵仿佛陷入似水流年，说："我从军去打仗的时候，春光明媚，杨柳依依。现在这么多年过去，我回家来了，天空中却下着雨雪，道路泥泞难行。"

这两句妙在哪里呢？一般来说，文学作品中如果阳光明媚、天朗气清，那描写的就是快乐的情绪，通常是指阖家团圆，有好事发生，有情人终成眷属。要是乌云满天、狂风骤雨，心情特别压抑，那就是用来衬托激烈的争吵、离家出走或者是大难当头。这叫作"以哀景写哀情"，主人公的心情和环境的表达是一致的，作为读者，就更能够感受到那种情绪。

但是《采薇》中的这两句是反其道而行之。我走的时候多么难过和不舍，但那一天我记得是春光明媚的；现在我终于可以回家了，多开心，脚步都是轻快的，但是此刻大雪纷飞，这个春光和大雪好像都很不识相。王夫之说："以乐景写哀，以哀景写乐，倍增其哀乐。"就好比我今天考试考得不好，但是回家路上发现怎么这花也开得好，树也长得好，小鸟的声音这么动听，一切都那么地明媚。它们凭什么这么好？这么不理解我？凭什么难过的只有我呢？

这就是我们说的"无理之言"。自然环境肯定不会因为我们心情的变化就发生改变，但这种"无理之言"，映照出了我们内心的情绪，所以说"倍增其哀乐"，也正是最后这一段无理之言拔高了《采薇》的文学高度，让它成为被后世传唱千年的作品。

○鸿雁于飞　哀鸣嗷嗷　维此哲人　谓我劬劳　维彼愚人　谓我宣骄

○鸿雁于飞　肃肃其羽　之子于征　劬(qú)劳于野　爰及矜人　哀此鳏(guān)寡

○鸿雁于飞　集于中泽　之子于垣　百堵皆作　虽则劬劳　其究安宅

小雅·鸿雁

鸿雁就是我们今天说的大雁，《毛诗正义》里有记载，说:“鸿雁春天就来到北方避暑，秋天它就飞到南方去避寒。”这种候鸟的生活习性引起了人们的共鸣，因为那个时候到处都在打仗，乱世中人们颠沛流离、背井离乡、居无定所，心中充满了不安全感。而农耕时期，人们又非常眷恋故土，讲究落叶归根。我是哪里的人，就一定要回到那里去，乡里乡亲都会惦记着我。有一首歌叫作《把根留住》，一听就会让人回想起自己的故乡和生我养我的那个地方。很多人在外漂泊的时候，都会觉得心里面是有愁绪的，有不安全感，于是看见鸿雁就引发了共鸣。

鸿雁于飞，肃肃其羽。
之子于征，劬劳于野。
爰及矜人，哀此鳏寡。

“肃肃”是鸿雁扇动翅膀的声音。鸿雁的体型比较大，所以它振动羽毛的时候，发出的声音也比较大，不是那种小麻雀“扑棱棱”的声音，而是有一种哀愁感。“劬劳”是辛勤地劳动，指那个被征去做劳役的人，他这会儿在野外奔波劳苦。“矜人”就是贫穷和生病的人。“鳏寡”我们是知道的，“鳏”是失去了妻子的人，“寡”是没有丈夫的人，这里指的是那些破碎的家庭和流离失所的人们。这一句就是在感慨这些可怜的人、孤独的人要背井离乡，所以倍感哀伤。

这里讲了好几种悲，一种是身体上的劳累和辛苦，不能够休息；一种是心灵上的孤独，流离失所带来的漂泊感，没有人可以和我共同面对人生的风风雨雨。就是在这个悲伤的时刻，我偏偏听见了鸿雁扇动翅膀的声音。鸿雁在南北之间飞来飞去，寻找舒适的地方栖居，我们作为人也是一样的，四处奔波，却找不到一个可以安居立命的角落，这是多么地让人伤感。这一层又一层的悲哀是一直推进的，你感受到那种难过满得快要溢出来了。“哀鸿遍野”这个成语正是出自这首《鸿雁》，说的就是那些流民，他们到处漂泊，像没有根的浮萍一样，像鸿雁一样发出阵阵的哀鸣。

鸿雁于飞，集于中泽。

之子于垣，百堵皆作。

虽则劬劳，其究安宅。

“垣”和“堵”都是墙的意思。这段读起来就更加让人难过了，这些人已经流离失所了，但劳役竟然还逃不掉。他们依然要每天辛勤地去筑墙，到头来他们筑了那么多的墙，自己却居无定所，没有容身的地方，就好像你辛辛苦苦地盖了一辈子房子，自己却住在茅草棚里，一切都只是为别人做嫁衣。你双手建造的美好生活，却不能够享受。

所以最后一段诗中就很清楚地说：

维此哲人，谓我劬劳。

维彼愚人，谓我宣骄。

能够感同身受的人，聪明的人，就能够听出我在歌唱的是辛劳，但总有一些人他们会觉得，我只是在发发牢骚而已，他们是不懂我的，就像我们在《黍离》中说的那样。“知我者，谓我心忧；不知我者，谓我何求。”懂我的人一听就知道，我唱的是大家的悲伤和忧愁，但不懂我的人，只会觉得活着就不错了，你只不过是干了点活，发什么牢骚，就好像自己有多大的功劳一样。

这种冷嘲热讽，对别人随意地指手画脚，这个世界一直在发生，直到今天。我们看不到人家辛劳的那一面，就不能够理解他，人与人的悲欢总是不能相通。有的人穿衣吃饭，就可以过得很好了。但有的人除了穿衣吃饭，心里面还会有很多充沛的感情要表达，这就是人跟人的不同，没有什么高下之分。

读完这首诗我们会发现，它不仅表达了对战争的厌恶，对劳役的痛苦，还讲了一个特别深刻，也特别悠久的文学主题，就是人在旅途的孤独感。我们一般在什么时候会感受到这种漂泊的孤独呢？比如你到了一个陌生的城市去打拼，你咬紧牙关，还要跟家人报喜不报忧。

此时，当你尝到了一种熟悉的味道，或者看到了一个熟悉的物品，你突然觉得要是此时此刻在家里，身边有那个最想念的人，和最好的朋友们在一起，那该多么好，“每逢佳节倍思亲”就是在这个时候。你心里面有了那么多的感情，却找不到安放的地方，就会觉得心疼的情绪格外地沉重。所以我们在漂泊的生活中会努力地寻找一种稳定感。这不仅仅是要物质上的稳定，更加是要给自己的心灵提供一种情感上、情绪上的归属。

有过类似经历的人都会知道，情感之所以动人，正是因为它不由你控制。一个在外乡工作的人，生病躺在了床上，难道能控制住不想家吗？这个世界上很多事情都是辛苦的，但如果有一个安定的家园，有亲密的家人、朋友和爱人，有生活中的烟火味道，这些小确幸，就会缓解人生的劳苦。在背井离乡无处可依的时候，心里可能会有一份对岁月静好、现世安稳的渴望，就算只是想一想，眼下的日子也会显得好过一些。我们会在脆弱的时候，控制不住地想念这种小确幸，控制不住地想要回家，这和这首诗里那些看到鸿雁就触景生情的人是一模一样的。

－ 全文完 －

李蕾

帆书 APP 明星栏目“李蕾讲经典”主讲人、作家、前央视主持人。

15 年访谈节目主持，她是中国文化类栏目访谈的一面旗帜。

“李蕾讲经典”上线两年来，总播放量近 2 亿，拥有超 500 万书友。

李蕾讲经典不仅仅是一档讲书栏目，还致力于成为用户的一种生活方式，传递知识的同时，分享充满诗意与美感的生活，给用户爱与力量。

最是诗经慰人心

著 _ 李蕾

产品经理 _ 余雷　装帧设计 _ 于欣　助理编辑 _ 黄仪柔 刘晨希
技术编辑 _ 顾逸飞　责任印制 _ 杨景依　出品人 _ 贺彦军

营销团队 _ 毛婷 石敏 礼佳怡 王立

果麦
www.guomai.cn

以 微 小 的 力 量 推 动 文 明

图书在版编目（CIP）数据

最是诗经慰人心 / 李蕾著. -- 上海 : 上海文化出版社, 2024.4（2024.6重印）
ISBN 978-7-5535-2951-6

Ⅰ. ①最… Ⅱ. ①李… Ⅲ. ①《诗经》－通俗读物
Ⅳ. ①I207.222-49

中国国家版本馆CIP数据核字（2024）第072355号

出 版 人：姜逸青
责任编辑：郑 梅
产品经理：余 雷
装帧设计：于 欣

书　　名：最是诗经慰人心
作　　者：李蕾
出　　版：上海世纪出版集团　上海文化出版社
地　　址：上海市闵行区号景路 159 弄 A 座 2 楼　201101
发　　行：果麦文化传媒股份有限公司
印　　刷：北京世纪恒宇印刷有限公司
开　　本：880mm×1230mm　1/32
印　　张：8.5
字　　数：160 千字
印　　次：2024 年 4 月第 1 版　2024 年 6 月第 3 次印刷
印　　数：17,001–22,000
书　　号：ISBN 978-7-5535-2951-6 / I · 1145
定　　价：59.00 元

如发现印装质量问题，影响阅读，请联系 021—64386496 调换。